Q&A

小林大輝

幻冬舎

Q
&
A

Prologue

刑事のKが街の外れにある廃墟と化したアパートを訪れたのは、太陽が傾いて空が僅かに色褪《いろあ》せ始める頃だった。この朽ちかけた建造物の骨組みは黒く錆び付き、壁には一面蔦が巻きついている。周辺には背の高い草が生い茂り、階段へ辿り着くにはそれらを踏み倒していかねばならない。

Kは幽霊でも住んでいそうな現場だ、とぼんやり思った。彼が現場に到着したときには既に黄色いテープが張り巡らされ、アパート周辺は封鎖されていた。もっともそんなことをしなくても、こんな辺鄙《へんぴ》なところに街の住民は誰も近付いたりしない。

幾台ものパトカーが群れを成し、頭上の赤いランプを回しながらあちこちで鉄の身体を休めている。Kが更にアパートに歩み寄ったところ、厳しい口調で誰かが声を掛けてきた。

「そこで止まってください」

「はいよ」

大人しく従っていると、声の主が駆け寄ってくる。その正体は体格の良い制服警官だった。彼はＫの前に立ち塞がった。

「私は現場の周辺警戒を任されているＩ交番勤務のＪ巡査であります。申し訳ありませんが、警察手帳の呈示をお願いします」

「はいはい」

Ｋはコートの胸ポケットから警察手帳を取り出し、開いてＪ巡査に見せた。Ｊ巡査は手帳と顔写真をよく確認してから敬礼し、彼を中へ通した。

「大変失礼致しました、Ｋ警部。どうぞこちらへ」

「いえいえ、お勤めご苦労さん。こちらこそ失礼しますよ」

「ＫＥＥＰ　ＯＵＴ」の黄色いテープをくぐり、Ｋは今にも抜け落ちしてしまいそうな赤く錆び付いた階段を上がる。一歩踏み出すたびに軋むような音がする。階段を慎重に上りきると、一面ビニールシートが敷かれた廊下が現れた。Ｋは廊下の先に、帽子を取って礼をする青色の制服を着た男の姿を捉えた。

「お疲れ様です。Ｋ警部」

「やぁ、Ｇじゃないか、お疲れ様」

「もう現場検証終わってますよ」

「じゃあ、少し中を見せて貰おうか」

「こちらです。一番奥の部屋になります」

Ｇと呼ばれた鑑識の男がＫを案内する。開け放たれた扉をくぐり、二人は室内に入る。

「外観通り狭いな」

「ええ、鑑識するにも一苦労でした。機材が入りきらなくて」

「私がまだ学生だった当時に住んでいた寮もこんな感じだった。四畳半一間の狭い室内、小さな押入れと台所。トイレは共用で風呂は銭湯へ。夜は身を屈めて布団の中に潜る。充実はしていたが辛いことも数え切れない日々だった……」

興味深げな目で、Ｋは狭い室内をぐるりと見回した。

「まぁ、私の想い出と一つ違うところがあるとしたら、私の寮は決してこんなにアバンギャルドな部屋模様ではなかったということぐらいかね」

今は乾き切っているが、飛び散った血で床や壁のあちこちが赤黒く染められた室内を指差して、Ｋは笑った。Ｇは困ったような顔で答える。

「すみません、警部。笑えません」

「そうかね」

特に気にしていない様子で、Ｋは足元に目を遣《や》った。部屋の真ん中に白布を被せられた死体が横たわっている。室内の血痕はそれを中心として放射状に広がっていた。

「遺体を見てもいいかね？」

「どうぞ」

「では失礼するよ」

Kはゆっくりと白布を剝がした。中から男の遺体が現れる。胸の中心に大きな孔が空いていた。

「聞くまでもないが、死因はこれかい？」

「失血死ですね。刃物で心臓を一刺しです」

「死後どれくらい経過している」

「およそ二十八時間です」

「しかし、こんな街外れの廃墟みたいな場所でよく見つけたもんだな」

「この地域で物乞いをしているホームレスの老人男性がこのアパートの付近を通り過ぎたところ、血の臭いに気付いて警察に駆け込んできたんです」

「へぇ、そのご老人、お手柄だねぇ」

感心したように呟きながらも、Kの目が遺体から離れることはない。

「何とも奇妙だな。被害者は発見当時のままなのだろう？」

「遺体は一切、動かしていません。現場の状態は保存されています」

「だったらなおのこと奇妙だな。この被害者の衣服には一切の乱れがない。つまり、犯行に及んだ何者かと争った形跡が塵ひとつも見受けられない」

「はい、まったく仰《おっしゃ》る通りです」

Kは眉を顰《ひそ》めて言う。

「君は自分の心臓に刃を突きたてられて、なんら抵抗しないなんてことが出来るか？」

Gは自信を帯びた口調で明確に否定する。

「いえ、絶対に不可能だと思います」

「私も死ぬ気で抵抗するだろうな。せざるを得ない。普通は誰だってそうだ」

「刺し傷は前面にあります。背後から不意打ちで串刺しに、という訳でもありません。どうやっても彼は凶器を持った犯人と対面しなければならなかった。しかし、被害者は汗一つかいてはいません。彼は死ぬ間際まで何の動揺も示してはいなかった」

「被害者は犯人と知人以上の面識があり、刃物を向けられはしたが、本気で殺されるとは思っていなかった、というところか？」

Gは逡巡したが申し訳なさそうに答える。

「……すみません、警部。そもそも、一体どんなことをしたら知人とそのような状況に陥るのか、私の乏しい想像力では判断しかねます」

「その方がとても自然なことだと思う。私も思い付きを言ってみただけだ、あまり本気にしなくていい。実際のところはさっぱり分からん。そうだ、肝心の凶器は見つかっていないのか？」

「犯人が犯行後、持ち去ったようです」

Kは大きく溜め息を吐《つ》いた。

「しかし正直なことを言うならばね、凶器や犯人の動機などよりも私が個人的に気になるのは彼の顔なんだ」

「顔ですか」

Gはどこか納得したように言った。

「まったく誇れることではないが、私は長年の捜査で数え切れないほどの遺体を見てきた。だから分かるのだ。これは明らかにおかしい。多かれ少なかれ、普通の被害者は皆、スチール写真のように死ぬ間際の恐怖が顔に焼きついているものだ。しかし、彼ときたらなんだ？　こんな残酷な結末を迎えたというのに、表情からは幸福すら感じ取れるではないか。一体何故、彼はこんなにも安らかな死に顔をしているのだろうか？」

誰に尋ねるわけでもなく、Kは自らに問うた。Gも首を傾げている。

「私にもまったく不可解です。心臓は確かに急所ですが、拳銃のような瞬間威力のある凶器でも使わない限りは、その胸を貫かれてから絶命に至るまでにある程度の時間を要します。出血量から見ても、彼は果てる瞬間まで地獄の業火に焼かれるかのような信じがたい苦痛を味わったはずなのですが……」

Kはその様子を想像して顔を歪める。

「やはり君の立場から見てもおかしいと思うのだね」

「正直、最初に現場へ入ったときの強烈な違和感は今も拭いきれていません。この現場は何かがおかしい。今はまだ直感としか言えませんが、これは一般的な殺人事件ではありません」

「なるほど、よく分かった。犯人についての見解はどうかね。指紋は？」

「犯人の指紋と思わしきものが至る所にべったりと。対して被害者の指紋は殆どありません。どうやらここは犯人の住居だったようです」

「ということは彼が訪問者になるわけか」

Kは床に横たわる男を示して言う。

「はい、被害者の男は身分証に該当するものを一切持ち合わせていませんでした。現在身元を調査中です」

「犯行からおよそ一日、犯人はそう遠くへは行っていないはずだ。被害者の身元が割れれば彼の交友関係から犯人の目星はおおよそつくだろう。では、我々の個人的な疑問を除けば検討すべきことはこのくらいか？」

「……いえ、もう一つ警部に見て頂きたいものがあります。確か、警部は留学経験がお有りでしたよね？」

「若い頃にな」

「これを読んで頂きたいのです」

Gは一度、部屋を出て何かを抱えてKの下《もと》へ戻ってきた。それは表紙が血塗《ちまみ》れになった一冊のノートだった。

「なんだ、それは」

「被害者の傍に放置されていたものです。これにだけは犯人と被害者両方の指紋が無数に付着していました」

「両方の指紋が？」

「そうです。どうぞ手に取ってください」

Kはしっかりと手袋を嵌めてからノートを受け取る。

「開いて頂けますか」

パラパラとノートをめくったKは、納得したように言う。

「なるほど。確かにこれは読めん」

「最初から最後まで目を通したのですが、異国の言語で全文が書かれています。私ではせいぜい辞書と照らし合わせながら、途切れ途切れに文意を辿るのが精一杯でした。しかし、察するにどうやらこれは……」

Gは血に塗れたノートの背表紙を見つめる。

「恐らく、被害者が書いた小説ではないかと思われます」

「小説？」

「そうです。これは事件の重大な証拠品だと感じました。警部のお力をお借りして、どうか内容を詳しく知りたい」

Gがそう言った時、外にいた鑑識の一人が部屋に入ってきた。

「お話し中、失礼致します。全て完了致しました」

「そうか、ご苦労だった。では我々は撤収しよう。片付けに入ってくれ」

「了解しました」

一礼をして鑑識は部屋を出て行く。

「ここでの私たちの仕事は終わりました。今から署に戻ります。警部はいかがなさいますか」

「私も戻ろう。というよりかはそうする他ないだろう。このノートを読みたければね。君がいないと、私は鑑識課の証拠品を勝手に持ち出したことになってしまうよ」

その答えにGは微笑んだ。

「ということは、K警部、そのノートをお読み頂けるのですね」

「私も何が書かれているのか、興味がある」

「では、車で署までお送り致しましょう」

「是非、そうしてくれ」

二人は狭い部屋を出た。代わりに他の鑑識たちが担架を持って部屋の中に入っていく。

「後は任せたぞ」

Gが部下たちに言う。

「はい、お任せください」

部下たちは狭い室内で身体を屈めながら声を掛け合い、どうにか遺体を運ぼうとする。

「おい、そっちしっかり持てよ」

「はい、すみません」

KとGは錆び付いた階段を下りる。それに続いてGの部下たちが慎重に遺体を運び、輸送車の荷台に乗せる。遺体安置所に向かって走り出した輸送車をしっかりと見届けてから二人は車に乗り込んだ。

「ノートを読んでも構わないかな」

「はい、よろしくお願いします」

これから何が語られるというのか。二人の間に僅かに緊張が走る。車は速度を上げ疾走し始める。Kがノートを開き、ページをめくる。最初の一ページ目には一行だけ鉤括弧《かぎかっこ》で括られた単語が記されている。

「これがこのノートの題名か」

「それは流石《さすが》に私にも読めましたよ」

Gが苦笑する。Kが声に出してノートを読む。

「タイトル、『Q&A』」

物語が始まった。

「Q&A」

1.

Q. 世界は何によって構成されているか？

A. ？

——彼の日記より抜粋。

12・25

今日は主の聖誕祭だった。そして便宜上、教会が僕の誕生日に設定している日でもある。お祝いに神父からこの上等な紙の冊子を授かった。日記でも絵でも単語の勉強でも、これに何でも自分の好きなことを書いていいと言われた。だから、僕はこれからここに僕自身のことについて記していこうと思う。

12・26

現在、僕はこれを教会の片隅にある孤児院の狭い宿舎の中で書いている。この季節は壁のところどころから隙間風が吹いて、とても寒い。毛布を上から被っても無駄だ。それもボロボロで穴が空いている。何度も何度も縫い直して使っているが、一つ穴を塞いだ傍から別のところに穴が空く。結局、夜はガタガタ震えながら眠るしかない。僕らは皆、髪の毛が綺麗に剃り落とされている。シラミに罹らないようにだ。稲穂のように伸びていた僕の金色の髪も一本残らず刈り取られてしまった。衛生環境はそれほど悪い。壁の漆喰《しっくい》を塗り直し、毛布を新調するのに回すほどの予算がこの教会にはない。聖堂でさえ、屋根の老朽化が深刻な状態にあり、装飾がみすぼらしく剝げ掛けているというのに、それすら放置するしかない。神父はいつも溜め息を吐き、嘆いている。

このご時世、どこも不況だ。聖堂の中は、日々の生活に苦しみ、神に祈る子羊たちで溢れかえっている。その中に施しを残していく程、自分の生活に余裕のある者はまずいない。僕は聖堂の清掃をするとき、祭壇の中心には決して立たないように気を付けている。天井から吊り下げられた主の十字架がいつ屋根ごと祭壇の上に落ちてきてもおかしくないからだ。希望の光に満ちているはずの主の御前で僕はいちいち恐怖しなければならない。

12・27

孤児院には現在、10人の子供がいる。僕はその中で9番目に背が高く、或いは2番目に背が低い。今日、僕らはあまりに寒いので、凍え死なない為の会議を開き、アイデアを出し合い、策を練った。結論はこうだ。これから毎晩、羊小屋からこっそり藁《わら》を拝借する。運んできた藁を隙間風の吹く壁の穴に詰めて塞ぐ。残った分は全部ベッドに敷く。そして狭い宿舎の中で身を寄せ合って眠る。そうするとほんの少しは暖かい。

僕たちは全員が親に捨てられている。皆、知っている通り、幼くして身寄りをなくしたような子はここには来ない。そのような子は政府の手厚い保護を受けて、別のもっと上等な施設に行く。その両者にどんな違いがあるというのだろう。親を失った子の悲しみに差などない。それを分けようとするものを何と呼ぶか？　答えは法律だ。

この国の法律上では、親に先立たれることと、親に見放されること、との間に天と地の差がある。孤児の為の法は未だ整備が行き届いておらず、僕たちのように保護者が今も生存している可能性のある場合、支援制度は適用されない。何の補助も受けることは認められない。ここは親からもそういう国の制度からも見放された子供の為の場所だ。

でも僕らは神の家にすら真の意味では歓迎されていないと知っている。何故ならば、僕たちを養う必要さえなければ、聖堂の錆び付いた屋根を修理する費用が賄えるはずだからだ。あの神父の溜め息を作り出しているのは僕たちだ。僕らは教会のお荷物だ。

教会が陥っている事態は深刻だ。この不況でも教会に施す余裕のあるような金持ちの心を摑むにはいかにもご利益がありそうな美しい装飾が必要だ。粗末な教会に連中は金を出さない。だから、教会を運営するには彼らの金が必要なのに、その金を得る為には自分たちで金を出して施設を修繕しなければならない、というジレンマに陥ることになる。神は恵みの雨を降らせる。でもその恵みは僕たちが生きる場所を少しずつ腐食させていく。

12・28

孤児であるのに、国の支援を受けられず教会の世話になっているということは、必然的に自分の親は今もどこかで生きているということになる。昨日、ここで書いた通りだ。それは僕たちにとって絶望であり希望でもある。絶望とはつまり、一度捨てられたという事実。そして希望とはすなわち、可能性。生きている限りまた逢える、いつの日か迎えに来てくれるかもしれない、という一縷《いちる》の望み。

僕は12年前、捨て犬のように木箱の中に収められ、教会の門の前に放置された。小さな毛布の中から母親を求めて大きな声で泣いていたのを修道女に発見された。その日から今日に至るまでずっとここで生活している。他の9人の子供たちも語るに及ばない。皆、似たようなものだ。とにかく僕らは捨てられた。理由がどうあれ、この事実はどうやっても変わることがない。

しかし、捨てられた夜に自分を包んでいたあの小さな毛布を未だに持っている。もはやただの薄汚れた一枚の布切れに他ならないが、そっと顔に近付けると柔らかく母の匂いがする気がする。他の子供たちもこのような何らかの想い出の品を隠し持っている。手放すことは出来ない。何故ならこれは唯一、僕らに残された未来への希望を持つ権利の象徴だからだ。

12・29

僕たちには親が付けた本当の名前があるはずだけれど、それは孤児院の一員となった瞬間、剝奪される。その代わりに教会が認めた聖人の名前がカードのように配られる。教会の修道士たちはその名前で僕らを呼ぼうとする。

ジョージ、ルイ、イザヤ、シモン、ｅｔｃ……

しかし、僕らはそれを拒む。何故なら淡い希望を抱いているから。本当の名前で呼ばれ、母が、父が、迎えに来てその胸に抱いてくれることを夢見ているから。

教会の名前に愛着が湧くと本当の名前を忘れてしまう危険がある。教会の名前を認めることはそのまま過去を上書きすること、すなわち自分が見捨てられたことを認め、己が孤独で憐れな誰にも必要とされない存在であることを受け入れることに他ならない。

僕らはそう考える。考えてしまうんだ。そうなるともう希望を失ってしまう。何を頼りに、何に縋《すが》って生きていけばいいのか分からなくなる。それは明日の消滅だ。だから子供たちにとって名前の問題は最も重要なんだ。

子供たちは教会の名前を拒み、お互いを呼び合うときはできるだけ無機質で記号的な名前の方がいい、と考えた。話し合いの結果、背の順の数字をそれぞれの番号として割り振るのが良いのではないか、という意見が採用された。多分、この前も書いたような気がするけど、僕は背が小さくて、後ろから数えて2番目だ。前から数えると9番目なので僕には「9」の番号が与えられた。

今日、僕らより上の学年で孤児院育ちの、ある修道士見習いを見かけた。彼は修道院の清掃や事務的な仕事を手伝っている。彼は聖人と同じ名前で呼ばれることを拒もうとしない。彼はいつも誠実で朗らかだ。むしろ普通の育ちの人より、他者に愛されるように振舞うことが出来る。だけど僕には分かる。彼は楽しげに笑っていたとしても、常に瞳の奥に窪んだ穴のような虚無がある。温かな家族を持つ人たちには決して見抜くことの出来ない虚無が僕らには見える。彼は心の底からは笑わない。

自分が捨てられた価値のない存在だと認めたとき、何かが壊れ、僕らの瞳の奥に虚無をもたらす。子供たちの誰もがその予感を持っている。そして、それに恐怖している。彼の瞳の奥を覗き込むことによって、聖人の名を認めるということがどういうことかを思い知る。

　僕たちはあの窪んだ瞳の持ち主を「天国行き」と呼ぶ。天国行きを見ると僕たちは言いようのない不安に駆られる。そんなとき僕たちは各々の大事な想い出の品を取り出し、それを胸に抱いて祈るように呟く。

「大丈夫、大丈夫、今にきっとお母さんとお父さんが迎えに来る。僕は独りではない。僕の行き着く先は決してあそこではない……」

　そうやって何度も何度も何度でも、自分の心が落ち着くまで言い聞かせる。

　教会は確かに僕らの幼い命を救ってくれた。でも心までは守ってくれない。生活と引き換えに僕らから本当の名前と、名前の付けようがないもの、人が生きるのに本当に大事な何かを持っていく。だから教会の孤児たちがまず初めに学ぶことは、神様という存在が実に慈悲深く、同時にどうしようもなく残酷なのだということだ。

12・30

　僕らは今日、修道院の仕事を手伝った。いわゆる奉仕活動だ。修道院周辺の街路樹が散らせた大量の落ち葉、絨毯《じゅうたん》のように道の端まで敷き詰められたそれを、僕たちがかき集め、修道士たちが片っ端から火を焚いて燃やしていく。最初は手がかじかんで落ち葉を掴むたび、刺すような痛みが走ったけれど、繰り返し拾い集めるにつれ、手は温まり、汗すらかき始めるようになった。何度も何度も修道院の焚き火と街路樹の間を往復する。とても辛い仕事ではあったけど、僕らは教会の許可がなければ外に出ることは出来ないから街の景色を眺めるのは楽しかった。様々な風景が僕らを労《いたわ》った。何ともいえない心地よい気分だった。

しかし、ある光景が目に飛び込んできたとき、僕たちの心は、叩き落とされ踏み潰された目障りな蠅のように、醜くぐしゃぐしゃになって死んだ。

ある若い男と女が並んで歩いている。その間で僕らと同じぐらいの歳の子供が楽しげに笑っている。そして二人の手を握り、街路樹の向こう側へと消えていく。子供は二人の男女が手を高く上げたことで引き上げられ、身体が宙に浮く。子供は身体を揺らして遊ぶ。男女はそれを見て心から幸せそうに微笑む。

この光景を見たとき、今まで言葉でしか知らなかったあらゆる概念が現実になって結びついた。あの並んで歩く男女のことを「夫婦」と呼ぶ。2人の間で笑う子供を併せて「家族」と呼ぶ。あの微笑みのことを「幸福」と呼ぶ。そして全てを知らず世界から見捨てられた僕たちの存在を「孤児」と呼ぶ……。

光がなければ影はない。今日、眩く美しい光に当てられてようやく自分がどれだけ薄暗く冷たい場所にいるのかを知った。何故、彼には与えられていて、僕たちには与えられていないのか？　答えのない問いが心の内に渦巻いた。そうだ、この答えなき問いのことを「不条理」と呼ぶのだ。今日という日まで僕たちは寂しさはあれども、自分の境遇というものに何も感じていなかった。でもあの光景を目にした瞬間、初めて僕たちは自分のことが「惨め」になった。自分たちは「不幸」なのだ、と思わずにはいられなかった。

遠く離れたある大きな家の前でその家族は立ち止まり、扉を開けて中に入っていった。僕は彼らとは何の関係もない人間のはずなのに扉が閉まった瞬間、何故か締め出されたような気分になった。

その後、僕らは誰も何も話さず、押し黙って落ち葉を抱え、修道院に戻った。修道士たちからは、「一日に使っていい分の焚き木がなくなった。だから今日の仕事はここまででいい、本当にご苦労様だった、お陰で助かった」と労《ねぎら》いの言葉を掛けられた。僕たちは運んできた落ち葉を火に放り込み、最後の焚き木が燃え盛るのを静かに見ていた。炎は轟々と黒い煙を上げ、青く美しい空を穢《けが》していった。

僕はそれを見ていると心の内から得も言われぬ喜びが溢れてくるのを感じた。このときまた新しく知った。この感情を「憎悪」と呼ぶのだ、と。僕は心の中で叫んだ。火よ、煙を上げろ、空をもっと穢してしまえ、と。

しかし、僕の意に反して火は勢いを失い、後には黒く薄汚れた炭だけが残った。青く美しい空はその燦然《さんぜん》とした輝きを失わずになおも世界を包んでいる。それを見ていると、どうしてもあの温かな家族の肖像が思い出される。すると、何も食べてなどいないのに口の中一面に苦い味が広がった。

あまりに苦く嫌な気分になったので、僕は修道院の井戸で口をゆすいだ。でも苦味は取れない。どうしたものか、と悩んでいると他の子供たちも続々と、井戸の方へとやってきた。話を聞くと、彼らも僕と同様にこのどうしようもない苦味を感じて、洗い流そうと考えたのだった。

僕たちは苦味の原因を考えた。いや、考えるまでもなかった。苦味を感じたのは間違いなくあの幸福な家族を見た後だ。両親に寄りかかり、楽しげに笑う子供を見たからだ。燃え盛る火の黒く吐く煙が空を穢すことを願った、あの薄汚れた炭のような「憎悪」のせいだ。つまり、これは憎悪の味だ。ならば僕らはこの口の中の憎悪を吐き出さねばなるまい。その為には何をすればいい？

誰かが言った。原因を取り除けばいい、と。誰かが言った。その原因はあの子供にある、と。誰かが言った。今、自分があの子供にどんなことをしたい、と想像しているか分かるか？　と。それらの言葉を誰が言ったのか憶えていない。思い出すことにも意味はない。何故ならば、その場にいる全員の考えていることがそっくりそのまま一致していたからだ。

僕らは修道院の焚き火跡に戻った。そして、自分の手が汚れることも厭わずに燃え尽きた炭を握り、それを使って地面に計画と分担の表を書き始めた。綿密に慎重に僕らは計画を練り上げた。聖書の授業でも見せないような集中力を以って、僕らは没頭した。

僕を喜ばせた青空を穢す黒い煙は消えてしまった。ならば自分でその光景をもう一度作り出せばいい。僕の心には既に立派な憎悪の炎が宿っている。後はあの落ち葉のように火の中へと生贄《いけにえ》を放り込むだけでいい。

僕は炭を放り投げた。計画が出来上がった。これを実行するだけでいい。自分の両手を見た。炭でどうしようもなく真っ黒に汚れていた。

12・31

今日で一年が終わる。これまでの日々が更新され、新しい一年が始まる。僕らの計画も始動した。今日の落ち葉拾いの間に隙を見て修道院の倉庫に忍び込み、必要な道具を盗んだ。毛布と麻紐、丈夫で長い綱。

以前ならこのような行いは決してしなかったろう。でも今は違う。僕は昨日、いつか誰かが手を差し伸べてくれるような都合の良い未来への淡い期待を捨てた。そして、今は自分の意志で考えて行動している。すなわち、現在この瞬間、生きていることそのものに充実を覚えている。こんな気持ちは初めてだ。これほど素晴らしいことはない。

車は疾走し続ける。Gはこれまで翻訳に四苦八苦していたために、次々に解読されていくノートに強い興味を示していた。

「随分、個性的な生い立ちをしていますね、日記を書いている彼は」

「およそ一般的とは言えないな」

「この文章から漂う不穏と、現場の違和感とは、やはりどこか通ずるところがあるように思えて仕方がありません」

Gはハンドルを回す。彼は運転に集中しながらも、それと同じくらい真剣に考えているらしかった。それを見てKは微笑む。

「その調子だ、G。頼りにしてるぞ。鋭い感性でいつも通り推理してくれたまえ。私はこのまま読み進めるから」

「彼らの計画とは何でしょう。子供が自らの意志で行動するのは良い兆候のはずなのに、文章からはどうも嫌な予感がします」

「常に冷静な君にしては、いつになく、のめり込んでいるじゃないか」

「自分ではいつも通りのつもりなのですが。警部にはそう見えますか？」

「気が付いていないかもしれないが、君は子供が関わる事件になると、前のめりになるんだよ。初めて私と組んだ事件のときもそうだったろう。これはまた正義感に満ちた若者が配属されたと私は内心喜んでいたのさ」

それを聞いた途端にGが赤面する。

「若い頃の話はやめてください。うっかりハンドルを逆に切るかもしれません」

「それは怖い。ではここまでにしておこう」

Kは咳払いをする。

「物語の続きをお願いします。子供たちの行く末が気になります」

「その前にひとつだけ確認しておこう」

「何でしょうか？」

「念の為に言っておくがね、G。この遺留品はあくまで事件の情報を得る為のものだ。あまり物語には感情移入するべきでない。君の優しく穏やかな心は素晴らしいが、どうか客観性だけは見失わないように、冷静を保って。くれぐれも気を付けてくれたまえ」

Kの言葉にGは我に返ったような表情になった。気を引き締めて、落ち着いた声で言う。

「失礼致しました。続きをお願いします」

「では……『1・11つい今しがた……』」

1・11

つい今しがた全てが終わった。僕たちは計画を完遂した。この感覚が抜け切らない内に全てを記さなければならない。

まず、この十日間、僕らは一人ずつ風邪にかかったフリをした。一人が治ったと思ったらまた誰かに感染《うつ》ったように見せかけた。風邪にかかる役の子供はこっそりと教会を抜け出し、街路樹の通りを抜けて、あの家族の家へと向かう。そして陰から一日中監視する。それを繰り返し、僕たちはあの家族の生活を完全に把握した。一週間に一度、母親が息子を置いて出掛けることがあり、その間、彼は一人のんびりと散歩に出掛けていることを突き止めた。ちょうど昨日がその日だった。僕たちは「風邪引き」を三人に増やした。

風邪引きの三人の中には僕も含まれていた。僕らは例のごとく教会を抜け出して、子供を尾行し、機会を窺った。そして、誰も見ていない人気《ひとけ》のない路地に子供が入った瞬間を狙って、飛び出した。

一人が後ろから体当たりを食らわせる。子供が転ぶ。布切れを彼の口に詰めて塞ぐ。彼が立ち上がる前にもう一人が盗んできた毛布を覆い被せる。最後に僕が暗闇に包まれて混乱している彼を毛布ごと麻紐で縛り上げる。

僕らはそこで物陰に隠れ、夜を待った。その間中、子供は涙を流していた。真夜中、残りの子供たちが宿舎を抜け出して僕らと合流した。協力して迅速に彼を大きな桜の樹が植えてある教会の裏にまで運んだ。人目につかない移動ルートはこの十日の間に調査済みだった。

　あらかじめ用意していた長綱を使って彼を桜の樹に逆さまに吊るし上げた。僕たちはまだ子供で非力だったからこの作業には大変な苦労をした。しかし、ようやく事を成し遂げ、僕らは折れて転がった木の枝を手に取り、毛布の上から彼を叩いた。すると大きく大きく彼の身体が揺れる。僕らは言う。

「君はお父さんとお母さんの手にぶらさがり、揺られて遊んでいたじゃないか。今やっているのもそれと同じことだよ、君は笑うといいよ」

　何度も何度も毛布の上から彼を強く叩いた。蹴ったり殴ったりもした。そのたびに彼は揺れた。彼は笑わなかった。涙を流した。逆さに吊られているから涙は頬ではなく額を伝って髪を濡らした。

　僕らは決して楽しんでなどいなかった。一体どうしてこんな残酷な仕打ちを彼にしなければならないのか、むしろ苦痛とさえ感じていた。彼のことを可哀想だと思っていた。それでもやめることが出来なかった。何か意味があった。僕はそれが何かを必死で考え続けていた。

　どうして僕らは捨てられて彼は捨てられなかったのか。彼は泣いていた。きっと、塞がれた口の向こう側で父と母に向けて、声にならない助けを求める悲鳴を上げている。でも君はいいじゃないか、誰かを思い描き、助けを請うことが出来て。僕らには助けを求める人なんて誰もいないんだ。君の涙は希望ある故のものだ。幸福の象徴だ。君は僕らの手に入らないものを持っているんだ。君が罪もないのに僕らに残酷な仕打ちを受けるように、僕たちは何の罪もないのに自分を愛してくれるはずの人たちに捨てられたんだ。

少しずつあの炭のような、火が吐く黒い煙のような憎悪が鎮まっていくのを感じた。やがて思考が明晰になっていく。

一体、目の前の彼に何の罪があったっていうのだろうか？

――いや、彼に罪などない。

僕たちは捨てられた。生まれてきた僕たちに罪はあったか？

――いや、僕たちに罪はない。ならば全ての人に罪はない。

僕たちの行いは何だ？

――それは残酷だ。残酷以外の何物でもない。でもそれが人間の姿、そして神の姿だ。そうだ、残酷だ。神は残酷だ。神の造る世界は残酷だ。そして僕たち人間はそんな神に似せて形取《かたど》られた。だから僕たち人間が残酷なのは至極当然のことだ。

またしても僕たち全員が同じことを考えていた。僕らは彼を木の棒で叩くことをやめ、それぞれの思考に没頭していた。

もう一度言うけれど、僕たちは決して彼を簀巻《すま》きにし、樹に吊るし上げ、涙を流し恐怖に震える姿を見て楽しんでいたのではなかった。

僕たちの目的とは、彼に謂《いわ》れのない不条理を与え、残酷な仕打ちをすることで、同様に僕ら自身に与えられた残酷と不条理について理解することだった。そのことがはっきりと僕には分かった。

誰かを理解したければその人の気持ちになって、その人の立場に立って考えてみなさい、と修道院の大人たちはよく言った。僕らはまさにそれを実践したのだった。不条理の側に立ち、残酷な気持ちになって考えた。そしてある一つの答えを得た。

僕らの行いは確かに残酷だ、でもそれは紛れもない世界の真実だ。この世界の誰にも罪がない。ならばこの世界そのものが本来、残酷だということだ。そして、僕たちもまたどうしようもなくこの残酷な世界の一部なんだ。それは目を背けても変わらない一つの真理だ。ただそれだけのことだったんだ。今や僕たちは、世界そのものになったんだ。

この瞬間、最早、誰も自分の運命を呪うことも、それによって誰かを恨むこともしなくなった。今をありのまま受け入れることが出来るようになった。そう、僕たちはこの夜、不条理への怒りを捨て去り、残酷な世界を受け入れた。

きっと、これから先、誰かに「いつ大人になったか？」と聞かれたら僕は迷わずこの夜だ、と答える。これは僕たちが次に進む為の第一歩だった。そういう1つの「儀式」だった。自分たちの行為と意味を理解し、儀式を終えた僕らは彼を解放した。彼は恐怖のあまり声も出ないまま、走り去っていった。

1・12

もう僕らの口の中にあの苦い味が広がることはなくなった。目的を達成した僕らの「風邪」もすっかり治った。教会の人々はそれを喜んだ。

今日は、落ち葉を拾う最後の日だった。もう殆ど街道に落ち葉は残っていない。仕事はあっという間に終わった。途中、街の婦人たちが噂をしているのを聞いた。

「あのお宅の息子さん、突然病気になってしまったんですって」

「療養の為に南部の自然豊かな土地に引っ越すことに決めたらしいわ」

「お気の毒に。早く良くなるといいわね……」

横を通り過ぎようとしたとき僕らに気付いて、彼女たちは声を掛けてきた。

「あら、教会の子ね」

「街のお掃除なんて本当にえらいわ」

「どうか神の御心を、慈悲深く、清らかな気持ちを忘れないでいてね」

僕らは何も言わず、深々とお辞儀をしてその場を立ち去った。まっすぐ修道院に戻り、落ち葉を燃やした。昨夜の儀式を完結させる為に、世界の真実を理解する為に最後の手続きを行った。

僕らは燃え盛る焚き火を囲んで立っていた。それぞれが懐から様々な品を取り出した。木の小さな人形や、鈴や、首飾りや、かつて捨てられていた自分を包んでいた毛布、薄汚れた布切れと化してしまった想い出の品を……。

一人ひとりが順番に想い出の品を火の中に投げ入れ、それが燃えていく様を眺めた。僕も同じように火の中に投げ入れた。布切れとなった毛布はよく燃えた。繊維の一本一本に血が通っていくように赤く染まり、やがて黒く焦げて跡形もなく消え去った。

これで本当に僕は自由になった。想い出の品と共に本当の名前を葬った。しかし、とうとう誰も希望を失わなかった。手に入れようともしなかった。皆、それを自らの意志で捨てた。僕らの瞳には意志が宿っていた。僕らの誰も「天国行き」にはならなかった。各々が現実を受け入れて生きている。もう誰の迎えも必要なくなった。祈る意味すらない。僕たちは未来に希望しない。絶望もしない。ただこの世界の真実を見据えてこれからずっと生きていくだろう。

——この日記の中に、出題に対する全ての答えが書かれているという風に私には感じられる。よって以上を彼の日記より引用して、そのまま私の回答としたい。

Q. 世界は何によって構成されているか?

A．それは「残酷さ」によってである。

ここで一度、Kがノートを閉じる。目の前の信号が赤く点灯し、Gはブレーキを踏む。

「これよかったらどうぞ」

Gはラックを開けて、ペットボトルを取り出し、Kに差し出す。

「ありがとう、頂くよ」

Kはからペットボトルを受け取り、瞬く間に飲み干してしまった。そして、一息ついてから言った。

「恐らく君にも言いたいことは多々あるだろうが、ここで一度、私の為に情報を整理させて貰ってもいいかい」

「はい、どうぞ」

「まずこのノートには二つの筆跡がある。最初の文章の『Q．世界は何によって構成されているか？』とその後の『A．？』の時点で既に違う。本筋を成す文章の筆跡は『A．？』の物だ」

Gは Kの言葉に頷く。

「そのことは私も気になっていました。言葉の意味が分からなくても筆跡の違いは明らかですからね」

「仮に最初の『Q. 世界は――』の筆跡の人物を『Q』と呼ぶことにしよう。そして同様にもう一人の『A. ?』以降の筆者を『A』と呼ぶ。結論を出すのはまだ早計かもしれないが、私はこのQとAの二者が今回の殺人の犯人と被害者だと見て、まず間違いないと思える。君もそう感じているんだろう?」

「その通りです」

「題名の『Q&A』と第一章の終わり方から察するに、同じ形式でQが問いを出し、Aが回答する構成を続けていくのだろう」

「なるほど。警部に読んで頂けて、ようやくすっきりしましたよ。頭の中の霧が晴れていくようです」

信号が青に切り替わった。Gが再びアクセルを踏みながら尋ねる。

「文中の日記を書いている『彼』は誰のことでしょう」

「君の質問に対する答えになっていなくて申し訳ないのだが、私は『彼』よりも彼の書いた『日記』の存在の方が気になる」

「日記ですか」

「彼の日記から抜粋した、ということは原典がどこかにあるはずだ。あの部屋にはこれ以外のテキストと思わしきものは何もなかったのだろう?」

「見当たりませんでした。事件の手掛かりになりそうなものはそれだけです」

「では考えられるのは犯人が持ち去ったか、或いは被害者の所有物か、のどちらかだ」

「はい」

「仮にだ。あくまで仮にだよ？　犯人が日記を持ち去っているのだとしたら、どうして自分の重大な手掛かりになるこちらのノートを持っていかなかったのだろう？」

「それは……」

「もしかして犯人はこれをあえて現場に残したのではないか？」

「何の為にですか？」

Gは K の方に一瞬、視線を遣る。Kは悪戯っぽく答えた。

「何故、被害者が死ななければならなかったのか、殺人に至るまでの経緯と自分の行為の正当性を証明する為、というのはどうかね？」

Gはハンドルを握り直す。

「今、話しているのはあくまで仮の話ですよね？」

「そうだ、今からその仮説を検証しよう」

Kは再びノートを開いた。続きを読み始めようとする。しかし、一行目に書かれた文章を見て何故か苦笑する。

「警部？　どうしたんですか？」

「最初から私の読みの一つは否定されてしまったよ」

「どういうことです？」

「第二章もある問いが初めに提出されている。しかしその筆跡はAのものだ。出題者と回答者が入れ替わった。次はQが語る番らしい」

2.

Q. 貴方は誰？

A. ？

まずは前回の君の回答について話をさせてほしい。率直に言って僕は少なからず驚いた。出題に際して、君にどんな文献も参考にしていいと言ったし、必要があれば出典を明記した上で引用しても構わないとも言った。

よりにもよって僕の日記からその答えを引っ張り出してくるとは思わなかった。僕はそもそも君に、世界は人間の共同体によって成り立っているだとか、世界は原子と呼ばれる目に見えない小さな粒で出来ているだとか、そういった類の答えを期待したんだ。君に渡した易しい子供向けの本に書かれているような答えをね。

しかし、そんな教科書通りの理屈など君はとうに追い越していた。僕は君の成長する速度を見誤っていたんだ。学校になど通わずとも君は自分でその知性を絶え間なく磨き続けていた。この点については謝罪させてほしい。もう君を子供扱いしたりしない。僕が期待する以上、十二分に過ぎる回答を導き出した。そして、君の答えと僕の答えが一致したことを心から嬉しく思う。

さて、本題に入ろう。自分が一体何者なのか。簡単に答えることは出来ない。君の出題は実に鋭く、洞察に富み、哲学的でひどく深遠な物のように思える。実は僕もこの問いには長いこと頭を悩ませてきた。そのお陰で僕の答えは既に決まっている。けれど、君にその答えに辿り着くまでの過程を知って貰わないことには、このノートの意味がなくなってしまう。僕の解を導く為の式をどのように書けば、君にとって一番いいだろう。何から語るべきか。

君が引用した僕の日記に描かれた光景の続きから始めてみようか。少々、長くなるかもしれないが許してほしい。

あの日記の続き、つまり僕が過去への怒りと執着を焼き払い、残酷なこの世界で生きる決意をしたあの年から三年後、僕は教会を去ることになった。

結果から言うと、教会の孤児院の子供たちには全部で三つの選択肢があった。まず一つは、奨学金を得て外の全寮制学校に通うこと。子供たちの内の半分、「1」と「3」と「4」と「7」と「10」とがこの進路を選んだ。話を聞いたところによると試験は欠伸《あくび》が出るほど退屈だったらしい。どうやら僕らは他の幸福な子供たちに比べてささやかながら頭の回りが良かったようだ。

結局、試験から一ヶ月後、五人全員が合格したとの通知が届き、間もなく彼らは宿舎を出て行った。別れは惜しくなかった。僕らはとうに誰もが孤独であることを学んでいたからだ。

そして僕を除いた残りのもう半分、すなわち「2」と「56」と「8」とが、二つ目の進路を選んだ(5と6とが連番になっているのは彼らが双子だったからだ。背の高さも同じでいつも一緒に行動していた故に僕たちは彼らを区別する必要がなかった)。第二の選択肢は、洗礼を受け修道院に入ることだ。本来、僕らに与えられた選択肢はこの二つだけのはずだった。「9」である僕も修道院に入るつもりだった。

正直に言うと、僕らはあの頃どこに行こうとも同じだ、と皆揃って思っていた。何をどう足掻いても世界の残酷さも自分の残酷さも変わることはないという確信があった。だから、将来というものに何の夢も期待も描いていなかった。ただこの世界の一部として生きていけばそれだけで十分なはずだ、と。つまり本来なら皆、修道院に入る予定だったのだ。

しかし、予算が逼迫していた修道院は、教会から新しく受け入れられる孤児は五人までだと決めていた。僕たちはこれまでと同じく、すぐさま会議を開いて、持てる選択肢を半分ずつに分けることにした。振り分けに、誰も何の異論も反論も唱えなかった。決定は迅速かつ円滑に進められた。

春が来た。学校への入学手続きを済ませた五人は既に宿舎を去っている。そして教会に残った僕を含めた五人は修道士の見習いとしての生活を始めている。聖書を読む時間が増え、慈善事業で街の外に出ることが多くなった。また、聖堂の当直となって日替わりで祈りに来る人々を迎え入れる。それ以外は以前とさして変わらない。

聖堂の当直はなんてことはない。自分一人では到底解決できぬ問題を抱え、主の下を訪れた迷える子羊たちを見守るだけの簡単なお仕事だ。必要があれば会話を交わし、その声に耳を傾け、聖書を引き、彼《か》の者に相応《ふさわ》しい一句を授ける。もしも、懺悔《ざんげ》したいことがあればその人と共に主に祈り、告解を聞き、神の御名の下に赦しを施す。普通、見習いはしないそうだが、僕ら五人は優秀な候補生としてこういったいくつかの特例を認められていた。

教会の神父はもはや溜め息を吐いて嘆くことをやめ、代わりに鼻を高くしていた。負債でしかないと思っていた十人の孤児がいずれも優秀な成果を挙げ、たちまち教会の評価は右肩上がりに上昇し始めた。徐々に寄付が集まるようになった。僕らの宿舎の壁が塗り直され、隙間風はもう吹かなくなっていた。聖堂の改修はそれより大規模に行われ、天井には人の目を惹く天使たちの見事な彫刻が彫られた。これはいい宣伝になった。別の教会に通っていた金持ちが遠くからも通うようになり、また寄付金が増えた。修繕が施されたお陰で天井が軋むことはなくなり、僕は祭壇の中心に立つことをためらわずに済むようになった。

神父は哀れな子供たちに手を差し伸べて彼らの人間性を育んだとして賞賛を受け、それに気分をよくして「子供と愛」と題した説教を頻繁に行うようになった。説教の日には聖堂が埋め尽くされるほど、多くの人が集まった。当然、僕らも必ず参列しなければならなかった。神の教えに従い、子に愛を注ぎ慈しむことが大事だ、と神父は説いた。人々はその説教に胸を打たれ、惜しみのない拍手を送り、涙を流す者さえいた。そして決まって最後には僕らが祭壇に立たされる。言うことは毎回同じだった。

「今の私たちがあるのは神の導きと神父の教えのお陰です」

心を込める必要はない。聴衆の感動は既に神父の言葉によって風船のように膨らんでいる。その表面を針で少し突いてやるだけで人々の感動は破裂し、頂点を迎える。僕はその様子を見て、ただただ感心していた。神父のやっていることが神父の在り方として正しいかは別として、彼にはそれらしいことを適当に言って人々を惑わす才能が確かにあった。事実、説教をするたび、信者は増え、寄付金が集まった。

その頃、世間では、地方の商店が大企業の名を借りて看板を掲げ、店を運営する方法が広がりつつあった。今から思えば、神父の行いはある意味で時代の最先端だったと思う。彼がしていることは別に責められることではない。社会で常識になりつつあった方法をいち早く自分の世界に導入したに過ぎない。ただ一つ違ったのは借りた名前が企業ではなく神であったということだ。彼は神の名を人々に配り売る優秀なセールスマンだった。だから彼が自分の仕事に対する正当な報酬を欲し、寄付金の幾らかを自分の懐に隠していたことも何ら不思議なことじゃない。

そんな神父の営業に付き添う日々が二年程、続いた。あと一年経てば僕らは正式に修道院の修道士になる。その頃、担当の指導者から五人の修道士見習いに、教会の宿舎を離れて修道院へ移ってもいいとの許可が下りた。

僕たちが離れれば説教の説得力は半減してしまう。神父は濡れ手で粟を掴むことの出来る僕たちを手放したがらず、修道院と揉めていた。僕ら五人は既に荷物を纏《まと》めているにも拘わらず、神父の抵抗によって宿舎を離れられなかった。

修道院と神父の交渉は上手く行かず、それから実に一ヶ月もの間、膠着状態が続いた。このままでは埒が明かない。僕らはまた会議を開いた。最も効率的だと思われる方法は僕たちのうちいずれか一人が教会に残り、神父の小金稼ぎに付き合うことだった。僕らは運命を道端の木の枝に託した。木の枝を放り投げ、その先が指し示した一人が教会に残るのだ。「2」が宙高く枝を放った。運命が回転する。重力の赴くままに地面へ落ち、そして宣告する。選ばれたのは「9」だった。

翌日、僕は神父に教会に残ると宣言した。それを聞いた神父の表情は、霧が晴れるように明るくなった。ここ数日の苛々が嘘だったと思えるほどに。数日後、残りの四人は僕に別れを告げ、修道院へと旅立っていった。あれだけ狭かった宿舎が一気に広くなった。

「『僕はその後も神父の説教に……』」

「すみません、ちょっと車を停めてもいいですか」

黙々と車を走らせながら耳を傾けていたGが、Kの朗読を突然妨げた。

「なんだ、どうした」

「申し訳ないんですが、ちょっと催しまして……」

Kは笑った。

「生理現象は仕方ない。ちょうどいいな、400メートル先にPAがある。そこで少し休憩しよう」

駐車場に車を停めてGが公衆トイレへ走る。Kはその間に自販機で缶コーヒーを二人分買って車に戻った。

「お待たせしました」

Kは戻ったGに缶コーヒーを差し出す。

「ありがとうございます。頂きます」

二人は熱いコーヒーをゆっくりと啜る。先に口を開いたのはGの方だった。

「結局、日記はQが書いたものだったんですね」

「そういうことだな。Qの言う通りならばAはまだ子供だということになる。なおかつ被害者は成人男性だった。このことから導き出されるのは……」

「心臓を貫かれた被害者の男がQ」

「今なお逃走している犯人がAだ」

「ノートの内容から察するにAの歳は……」

「未成年ということになる」

「私には信じられません。何歳なのか分かりませんが、あんな惨《むご》い殺し方を小さな子供が行うなんて想像もしたくない」

車内はヒーターがつけられ、上着が要らぬほど暖かいというのに、Gは身震いをした。

「そもそもQとAはノートを見る限り、かなり良好な関係を築いているように見える。一体ここからどうやったら今回の殺人事件に発展するのか」

「まったく不可解です。この二人は親子なんでしょうか？　彼らの関係性が私にはまったく見えてきません」

「私にも分からん。ただ、Qがこのノートや本を用いてAに教育らしきものを施そうとしていたことは確かだ。Aは学校に通っていないとも書いていたな」

「ええ」

「念の為に確認するが『易しい子供向けの本』はないのだろう？」

「残されていたのはノートだけです」

「それもAが持ち去ったか、或いはどこかに捨てたということになるな」

「なおのこと、唯一、この日記だけが残っている意味が分からなくなってきました」

「謎を解くには被害者であるQの足跡を辿っていくしかない。Aから出題された二問目の答えをまだQは導き出してはいない。G、車を出してくれ」

「はい」

PAを抜け、再び車は走り出す。


僕はその後も神父の説教に何度も駆り出された。残念ながら既に神父の人気は凋落期を迎えつつあった。僕はそれを見て至極当然のことだと感じていた。神父は孤児院の子供たちを自分がいかに上手く育てたか、というたった一つしかないレパートリーを使って、毎回聴衆を感動させる為に、あの手この手で工夫を凝らしていた。だがいくら語り口が上手かろうと、同じ話を何度も繰り返されては飽きが来るのはまったく自然なことだ。徐々に信者たちの熱は冷めていった。

一度手に入れた物を失うというのはなかなかに耐え難いものだ。これまでの賞賛で天にも昇る程、高まっていた神父の自尊心はひどく傷つけられた。それでもなお、過去の栄光に縋り付こうとする神父の姿にいよいよ信者の心は離れていった。

清貧を守ってきた、或いはそうせざるを得なかった者が抑圧してきた欲望は一度溢れ出すともう止めることは出来ない。神父はその典型だった。どこからか彼が寄付金で私腹を肥やしているという悪い噂が流れ始めたせいで、神父は寄付金に手を付けられなくなった。ここ数年欲望を金で満たしてきた彼だったが、それが出来なくなった今、彼が代替として持ち出したのは暴力だった。

僕は日毎、何の理由もなく殴られるようになった。教会の信者や時折訪れる修道士たちには分からないように、腹や背中など衣服に隠れて見えない部分を、杖で強く叩かれた。食事も一食のパンと水しか与えられなくなった。この頃の僕の日記は君にとって実に退屈な内容だったんじゃないだろうか。何故なら、当時、僕は自分の身体のどこをどのように神父が痛めつけたのか、それしか記していなかったからね。

元はといえばあの日記帳はかつて神父が僕に贈ってくれたものだ。彼は僕の誕生日を祝ってくれた。教会の現状を嘆くばかりのどちらかといえば弱い人ではあったけど、決して血の通わない冷徹な人間ではなかった。

彼は僕に暴力を振るった。それでも僕は彼に罪があるとは思わない。かつて、僕はある子供に、神父よりも残酷な仕打ちをした。そのときこの世界の誰にも罪はないと知ったから、僕は神父を憎みはしない。争わないし、告発もしない。僕は木が切られたり、花が踏み潰されたりしても、何も叫びを上げないのと同じように、理不尽をあるがまま受け入れ続けた。僕は神父に殴られるたび、それをあるがまま認めるたび、心が澄んで美しくなっていくのを感じた。それは素晴らしいことだった。全てを受け入れることが出来るならこの世界は本当に美しい。

空を穢す黒い煙を見て、この胸が憎悪の炎に焼かれたあの日が嘘のように、僕は頭上に広がる青空を見て感動の涙を流すことさえ出来た。だから僕には神父に抵抗する理由が一切なかった。

神父の暴力は日に日にその苛烈さを増した。彼は僕に、辛かろう、痛かろう、さあ声を上げてみろ、泣き喚いて助けを請うてみろ、と怒鳴り散らすのだが、僕がその望みを叶える前に、いつも神父が先に息切れし、杖を持つ手が痺れて音を上げた。今日はこのくらいにしてやろう、と言って去って行く。

そして、いつも唐突に彼はやって来た。彼が訪れる時間には何の法則性も見出すことは出来なかった。気分と体調によってどれだけの暴力を受けるかもまちまちだった。ただそれは僕が待ち望んだ不条理そのものだった。神父は理解していなかったのだ。僕に理不尽な暴力を与えることは、まだ芽を出したばかりの幼木に、恵みの雨を与えるようなものだということを。僕の樹は彼のお陰で順調に成長していった。背を伸ばし、枝が分かれ、幹は太くなり、葉は生い茂った。

僕は神父の暴力の一切に何も感じなくなっていた。そよ風が優しく吹き、木々に息を吹き込むような穏やかなものでしかなくなった。僕があまりに平気な顔をしているので、彼の苛立ちの火にはなおのこと油が注がれることとなった。神父の暴力の目的は、行き場のない満たされぬ思いの捌《は》け口だったはずが、いつの間にか「どうにかして僕に悲鳴を上げさせてやりたい」という嗜虐的なものへと成り代わっていた。

殆ど狂乱に陥り喚きながら自分を執拗に杖で叩くこの老人のことを見つめていた。それはただ退屈しのぎに風景を眺めているのと同じだった。ただ、彼は僕の瞳が気に入らなかったらしい。「そのような眼で私を見るな」と逆上し、遂に彼は僕の脳天に杖を振り下ろした。

天地が揺らいだような激しい衝撃が全身を駆け巡り、僕はあえなく地に伏した。頭部から血が滴り落ちてくるのが分かる。「どうだ、思い知ったか」と、なおも神父が喚いているのが聞こえる。しかし、神父はあまりに興奮しすぎた。その喚きと叫びは宿舎の外まで届くに十分な声量だった。

薄れゆく意識の中、勢いよく宿舎の扉が開く音がした。修道女が悲鳴を上げる。「誰か来て！　神父様の気が触れたわ！」。すぐさま、多数の足音が近付いてくる。その声を聞いた人々が続々と宿舎に入り、目の前に広がる光景を見て、それぞれが呆然とした声を上げる。「何だこれは……」「主よ……」「一体、何故……？」

我に返った誰かが叫んだ。「神父様を取り押さえろ！」。何人もの修道士に囲まれ、あっという間に神父の身柄は拘束された。なおも神父は喚いていたが、杖を取り上げられ、両腕を押さえつけられ、扉の向こう側に消えていく。僕はそれらの光景を辛うじて視界の端で捉えていたが、やがて焦点が合わなくなって、世界がぼやけていった。修道女が駆け寄ってくる。何と言っているのか分からない。耳元で呼び掛けているのに、随分と遠くからのように聞こえる。徐々に声との距離が離れていく。やがて完全に何も聞こえなくなる。沈黙と暗闇が訪れ、僕の意識は途絶えた。

目が覚めたとき、僕は知らない部屋で横になっていた。薄い青色の服に着替えさせられ、頭には包帯が巻かれていた。僕が寝かせられていたベッドは足を伸ばしてもまだ端に届かない程広く、毛布に一切の穴はなく、枕は嘘みたいに柔らかかった。これまで僕は、背を丸め膝を折るしかない狭いベッドと、無数に穴の開いた毛布と、まるで鉛か石かのように硬い枕しか知らなかった。落ち着かないので、ベッドを出て立ち上がった。

部屋全体を見回す。奥には洗面所と鏡、それにトイレが取り付けられている。その反対側にはドアがあり、隅に背もたれのない小さな椅子が三つ寄せられている。どこを見ても床には塵という塵が見当たらない。とても清潔だ。洗面所の手前にたった一つだけ窓がある。近付いて開こうとしたが、鍵は開かなかった。そこから外の景色を眺める。あたりのどこにも知っている建物が見当たらない。教会も修道院も、街路樹の落ち葉が敷き詰められた道も、何もかも。どうやらここは僕の知らないまったく別の街のようだ。

後ろからノックをする音がした。僕が返事をする間もなく、ドアが開いた。現れたのは鞄と書類を抱え、スーツを着た男性だった。僕を見た途端、彼の表情は明るくなった。

「ようやく目覚めたかい？　おはよう。いや、本当に良かった。すぐに主治医の先生を呼んでくるから、ちょっと待っていてくれ」

嬉しそうに言って、彼は鞄と書類をそこらに放り出し、出て行った。

間もなく、彼は白衣を着た白髪のお爺さんを連れて、戻ってきた。彼は僕の身体のあちこちを点検して、幾つか質問をした後、スーツの男性に向かって言った。

「特に問題ありません。あと二日程、様子を見て問題ないようなら退院してもらって構いません」

スーツの男性は主治医に礼を言って、僕の方に向き直った。

「改めておはよう。君は脳震盪《のうしんとう》を起こして、三日間も昏睡状態にあったんだよ」

僕はここがどこか尋ねた。

「君がいた教会から街三つ分離れた市内の病院だ。この部屋は君一人の為の病室だから退院するまでのあと二日間、ゆっくり休んでほしい」

僕はそれを聞いて、自分は一文も持っていないので今すぐ退院させてくれと彼に頼んだ。僕の困り果てた表情を見た彼は、顔を綻ばせて笑った。

「お金の心配を君がする必要はないんだよ。君の入院費は国が出してくれるんだ」

親に見捨てられた孤児である僕が国の支援を受けられるはずがない。目の前の事態に理解が追いつかない。僕は正直に、貴方の言っていることが信じられない、と伝えた。

「確かに信じられないのも無理はないか。今まで君は便宜上、教会に保護されていたとはいえ、あんな劣悪な環境で過ごしてきたんだからね。あの神父は称号を剥奪されて、教会から追放されたよ。だから安心してくれていい。彼は然るべき罰を受けた」

「罰？」

「神に仕える身でありながら、まだ子供である君を感情のままに痛めつけたという罪とそれに対する報いだ」

「既に神父は神父でなくなったということですか？」

「そういうことになる」

「神父でなくなった彼はこの先、どうやって暮らしていくのですか？」

「さあ、あれだけのことをしでかしたんだ。既に街を去っているだろう。それにあの年齢だ。仕事を見つけるのはとても難しいだろうね。でも逮捕されなかっただけでも刑は軽い方だ、むしろあまりに軽すぎるくらいだよ。もしも当たり所が悪ければ君はもうこの世にはいなくて、こうして私と話すこともなかったのだから。立派な殺人未遂だ」

僕は神父のことを思っていた。彼を可哀想だと思った。彼のしたことを僕は何とも思ってはいなかったのに。彼に罪なんてないのに。僕が遠く想いを馳せている最中も、スーツを着た男性は話を続けた。

「法によって社会で生きる人々の安全は保障されている……はずなんだけどね、本当は。でも、現実は理想とは大きく異なる。法は完全に整備されている訳ではない。ところどころに穴が空いている。例えば、本来、国の支援を受けることの出来るはずだった君があの教会に放置されていたように。そういう子供たちを助けること、法の小さな穴を一つ一つ塞いでいくこと、それが私の仕事なんだ」

彼はスーツの胸ポケットから一枚の小さな紙切れを取り出した。

「私の名前は『B』という。よろしく。その名刺に書かれてある通り、国から支援を受けられない孤児たちを手助けする為のボランティア団体に所属している。私たちが今まで地道に続けてきた努力がこの頃ようやく実りつつあってね。世間では孤児に関する法の改正を要求する気運が高まりつつある。国はついに重い腰を上げ始めていて、今こうして君は保護されている訳だ」

きっと十二歳の当時ならば、僕はこの吉報を喜べただろうと思ったが、今となっては実にどうでもいい話だった。

「これから僕はどうなるんですか」

「ちょうど、私が話したかったのもそのことなんだ。君は国の支援を受けられるようになったと言ったばかりだけど、実はそれを放棄する選択肢もあるんだ」

「どういうことですか」

「つまり、君が孤児でなくなるということだよ。私たちは一時的に保護するだけでなく、恵まれない環境にいる子供たちと里親を引き合わせるという活動を行っているんだ」

ここでなんとなくBが言わんとすることに察しがついた。

「現在、私たちの活動を支援してくれている夫妻が君を養子に迎え入れたい、と申し出てくれている」

「養子ですか」

「勿論、君には断る権利がある。ただ、一度逢って彼らと話をしてみる気はないか？」

望んだものは手に入れることを諦めたとき、或いはそれが必要なくなったとき、自分の目の前に現れるのだろうか。僕はそんなことをふと思った。

「分かりました。そのご夫妻とお逢いしたいです」

「本当かい？　いや、嬉しいな、じゃあ早速、連絡してくるよ。君はゆっくりしていて。くれぐれも無理はしないようにね。それじゃ、また後で」

Bは書類と鞄を持って、部屋を出て行った。僕は居心地の悪いベッドを出て、部屋の隅の椅子を一つ引っ張り出し座った。しばらくして彼が戻ってきた。

「たった今、電話であちらの都合を聞いたところ、明日の午後か、七日後の午前中なら予定が空いているそうだよ。君に逢えると聞いてすごく喜んでた。流石に明日は気が早すぎるかい？」

「僕は早い方がいいです」

「では明日でいいね？」

「はい、よろしくお願いします」

彼は荷物を纏め出す。

「色々ありがとうございます」

「いいんだ、好きでやっている仕事だからね」

Bは病院を去っていった。僕は一人になった病室で考えた。「家庭」も「両親」も、僕はもう求めていない。あの日、小さな毛布と共にその希望は焼き払った。望んでもいない話に煩わされない為に、夫妻と逢ってはっきりと断りたかった。

夜になって眠ろうとしたが、ベッドの居心地が悪いせいでほとんど眠ることは出来なかった。


「『翌日、僕の病室に……』、ああ、もうだめだ」

Kは、また一度ノートを閉じてしまった。

「何かおっしゃりたいことがあるならどうぞ。当分、車は動きそうにないですし、時間はたっぷりあります」

二人を乗せた車は長い渋滞に巻き込まれ、一向に動く気配がなかった。電子掲示板に「12km先、交通事故発生」と表示されている。

「我々は今まで、純粋な遺留品として、殺人の情報を得る手掛かりとして、これを読み続けてきた。あくまで物語の内容には触れずに、だ」

「はい、そうですね」

「だが、ここで私はその禁を破りたい。極めて個人的な感想を述べてもいいだろうか」

Gは Kの申し出に思わず笑った。

「いいんじゃないでしょうか。別に誰も元々、禁じていませんしね」

すると堰《せき》を切ったように、Kは話し出した。

「Qという少年はどうやら、人間の一切の責任を認めないらしい。それは全て、現実の持つ『残酷さ』という性質によるものだ、人間の誰にも罪なんてものはない、とQは一貫して語っている。正直に言って、私にはこの男の思考回路が受け入れられない。理解したくもない」

Kが珍しく憤慨しているのを見て、Gは楽しげに笑う。

「確かにそれを受け入れてしまうと、私たち警察は必要なくなってしまいますからね。Qは、幼少期から痛みというものに馴染んだ環境で過ごしてきた。そしてそれに屈服するところか、利用さえして自分を取り巻く不条理に適応していったように思います」

「だからAに何の抵抗もしなかった訳か？」

「Qは不条理な暴力に対して反抗するどころか、むしろ歓迎している節さえあります。何故ならそれが自分の考えを証明するのに役立つから」

「考えとは、世界は残酷さによって構成され、全ての人間に本来、一切の罪はないとするQの持論のことか」

「そうです。親に見捨てられることから始まる、苦痛に満ちた彼の人生の中で、自分が真実だと信じて疑わないその持論を証明することこそが、Qにとって唯一の生き甲斐だったのではないですか？」

一向に進む気配のなかった前の車が数センチだけ動いた。

Kが外に目を遣ると、電子掲示板に「事故車両、撤去完了」と表示されていた。僅かずつだが、渋滞に解消の兆しが現れている。

「神父が自分の頭部に杖を振り下ろしたときですら、Qはただそれを冷静に観察しています。避けようと思えば避けられたはずなのに。これは今回の事件と非常に似通ったシチュエーションではないでしょうか」

「言われてみれば確かにそうだ」

「今回、Qは命の危機に瀕したけれど、やはり拒まずに殺された。拒む必要がなかった。

つまり、そのとき彼は自分の哲学を証明できたのではないかと考えます」

「だから死んでも構わなかった、と？」

「本当に死ぬ覚悟があったのかどうかは分かりません。ですが、この仮説を基に考えると、Qが死ぬかもしれない状況で、一切の抵抗を示していなかったことに理由をつけることが出来ます」

「なるほどな。……だが」

Kは既にぬるくなってしまっている缶コーヒーを飲み干してから言った。

「私はまだQの死が救いだとでもいうような幸福な表情に納得していないよ」

「その件が残っていましたね。彼が神父に殺されかけても信念を貫こうとしたことはこのノートに書かれていますが、それが幸福だったとは一言も述べていないし、そのような描写もなされていない」

「一番知りたいのはそこなんだよ」

Kはぼやきながらノートを開いた。車はほんの僅かずつ進んでいく。


翌日、僕の病室のドアをノックする音がした。どうぞ、と声を掛けるとドアが開いてBが現れた。

「やあ、元気にしてるかい」

「はい、お陰様で」

「じゃあ、早速だけど中に入ってもらってもいいかな」

「ええ、どうぞ」

「エヌディアさん、お入りください」

彫りの深い柔和な表情を浮かべた男性が入ってくる。彼は少し緊張しているようだった。

Bは部屋の隅の椅子を並べて、話し始めた。

「彼はエヌディアさん。彼と奥さんはもう十年以上も前から私たちの活動を支援してくれている」

「はじめまして。エヌディアさん。今日はよろしくお願いします」

「はじめまして。こちらこそよろしく。私は君のことを何と呼んだらいいかな？」

エヌディア氏の問いに僕は少し考えてから答えた。

「『9』とお呼びください」

「9？　一体、どうして9なんだい？」

「元々、教会には僕を含めて10人の子供がいました。僕は背の高い順に並ぶと9番目だったのです」

「それにしては君は背が高く見えるよ」

「この3年で一気に背が伸びたんです。よく実際の年齢よりも年上に見られました。ほんの数年前までは考えられなかったことです。教会にいる頃は、それぞれ1から10の番号で互いのことを呼び合っていました」

「それはあまりに簡素だ。君の本当の名前ではいけないのかい？」

「あれは僕の名前ではありません。教会に与えられた偽りの名前です。僕はあの名前を好みません。親に捨てられ、本来の名前も分からなくなった今となっては『9』が僕にとって最も親しみのある記号なのです」

エヌディア氏は少し悲しそうな、憐れむような表情になった。

「……そうか、分かった。君が望む通りに、親しみを込めて『9』と呼ばせてもらおう。それでいいね、9？」

「ありがとうございます。今日、奥さんは一緒に来られなかったのですか？」

「妻も来たがっていたのだが、今日は少し体調が悪くてね。私一人になってしまったんだ。すまないね」

「そうでしたか」

「怪我の調子はどうかな。もうあと一日で退院できるようだが、どこか痛んだりすることは？」

「まったく問題ありません。病院では、毎食栄養のある食事が出されるので、教会にいた頃より元気になっています」

　冗談めかして言うと、Bとエヌディア氏は笑った。

「教会での暮らしについて聞いてもいいかい？　嫌なら話さなくてもいいんだ」

「特に面白い話はありませんが、それでも構いませんか」

「構わないとも」

　エヌディア氏はその後も僕に幾つかの質問をした。

「お母さんとお父さんのことを憶えているかい？」

「いえ、まったく記憶にありません」

「君はとても言葉遣いがしっかりしている。その態度や礼節は誰から学んだんだい？」

「誰からも。強いて言うならば聖書からです」

「神父様はどんな人だった？」

「とても臆病な人でした」

「学校に行きたいと思ったことは？」

「考えたこともありませんでした」

「では何か夢や、やりたいこと、望みはあるかい？」

「特に思いつきません」

　エヌディア氏は僕の瞳をじっと見た。話しているうちにもう緊張は解けているようだった。

「9、私はね、罪のない子供たちを傷付けるものがどうしても許せない、憎んでいるとさえ言ってもいいかもしれない。だから、Bの仕事を手伝ったり、活動資金を提供したりしている」

僕はエヌディア氏を見つめ返した。彼の目に嘘や欺瞞の色は見えない。代わりに澄み切った信念の色が見える。それは僕の瞳とはまるで違う。

「私と妻は、君が神父から受け続けてきた仕打ちを聞いて、自分たちが同じ仕打ちを受けたように傷付いた。Bから聞いていると思うが、私たち夫婦は君を引き取りたいと思っている。君が大人になるまで、健やかに、何にも怯えず、これ以上傷付くことのないように、君のことを守らせてほしいと考えている。私たちにどうかそれを許してはくれないだろうか？」

エヌディア氏は誠実で温かな人だった。でも、僕は彼が与える環境を望んではいない。守られるというのは、現実の残酷さから目を背けるということだ。

「僕は傷付いてなどいません。傷付いていたのは神父の方だ。あの人は可哀想な人だった」

エヌディア氏とBは顔を見合わせて驚いた。

「……それは心から思っているのかい、9」

「心からの言葉ですよ、Ｂ。エヌディアさん、貴方は罪のない子供と言ったけど、大人にだって罪はないでしょう。僕は神父に叩かれることなど何とも思っていなかったのに、何も訴えていなかったのに、貴方たちは僕が血を流し、気絶したのを理由に彼に罪を与えた。老いて行き場のないことが分かっていたのに、彼を見捨てたんだ。神父に罪があるというのなら貴方たちも罪に問われるべきだ」

Ｂは混乱したように僕に問う。

「ちょっと待ってくれ、君は神父を庇《かば》うのかい？」

「庇ってなどいません。誰にも誰かを裁く権利などない、と言っているだけです」

「でも彼は君を殺そうとした。報いを受けるべきだった」

「何故、それを貴方が決めるのですか」

「私たちのしたことは間違いだったかい？　君を見捨てるのが正解だと？　君はあのまま彼に殴り殺されても構わなかったとでも？」

「それが現実だというのならば、僕は拒んだりしない」

Ｂは絶句した。エヌディア氏はなおも僕から目を逸らさない。

「9、君は間違っている……」

「間違い？」

僕はＢが口を開く度、胸がざわつくのを感じていたが、とうとう苛立ちを隠すことが出来なくなった。怒りを感じるのは儀式を終えて以来、初めてのことだった。

「僕は何も間違ってなどいない。それどころか誰も何も間違ってなどいない。今も世界のどこかで大地がひび割れる地震が起きる。土地を丸ごと呑み込もうとする津波が起きる。多くの人が何の罪もなくその命を奪われる。しかし、人は世界を罪に問うことが出来ない。だから古代の人々は世界の不条理を神々の仕業だと考えた。雷神がその鉄槌を振り下ろした故に大地が揺れる。海の化身である水龍が、腹を空かせて欲望のままに大地を喰らう。だが全部、戯言《ざれごと》だ。くだらない世迷言なんだ。僕はそれらの欺瞞を認めない。世界の残酷さを認めない限り、僕らは延々とそういった嘘の説明を自分に施さなければならない。皆、世界の不条理を認められないから自分たちを罪人にする。それは弱さだ。僕にとって神父は地震であり津波であり雷鳴であり、この不条理極まりない世界そのものだった。彼の暴力など僕は意に介してもいない。誰にも罪などないのだから。僕は決して目を逸らしたりしない。始まりに世界の残酷さだけがある事実に。自分も確かにその一部だということに。僕はそれを日々、認識できるあの生活に満足さえしていた。貴方たちはそれを僕から奪ったんだ」

「そんな馬鹿な……ああ、なんてことだ」

Bは額に手を当てる。眩暈《めまい》がしているようだった。

「さっきは思いつかなかったけれどたった今、望みが出来ました。神父の罪を取り消して僕を教会に戻してください」

たじろぎながらも、Bは辛うじて答えた。

「今更、罪を取り消すなんてことは出来ない。我々には君を保護する義務があるんだ」

「義務だって？　それは誰が決めたんです。それも法が決めたというのですか」

「こんなことを言う子は君が初めてだ！」

「養子になろうとなるまいとどちらだっていいんだ。どっちにしたってこの世界の理は変わらないんだから。だがこれ以上の欺瞞を押し付けられる生活が始まるというのなら、僕は誰の養子にもなりたくない」

僕は言いたいことを全部言った。するとBは力が抜けたようにその場にへたり込んだ。

僕らのやりとりを横でずっと黙って聞いていたエヌディア氏がようやく口を開いた。

「どうやら君は私たちの想像よりも遥かに多くの物事について考えているようだ。確かに君の言う通りかもしれない」

「エヌディアさんまで何を仰るんですか……」

「まあ落ち着きなさい、B。君は聖書から態度と礼節を学んだと言ったね。主にとって、全ての人間が迷える子羊に過ぎないのだということもとうに知っているだろう。私たちは主と同じではないし、ここは天上の世界ではない。私たちの社会には法が必要不可欠だ。それはこの社会に罪と罰があるということだ。君の言うことが仮に真実だとして、私たちの言うことが欺瞞だとして、それでもやはり私たちには罪という概念が便宜上どうしても必要なんだ。そのことをどうか分かってほしい。そして子供と大人の間に差異がないのだとしても、この現実では、社会的な責任能力はまったく異なる。私はこの現実を生きる一人の大人としてやはり神父の罪は告発されるべきだと感じた。これは私の意志だ。断じて法によるものではない」

「貴方の考えでは、子供なら許され、大人では許されない罪があるというのですか」

「そうではない。子供たちには大事な未来がある。柔軟で可能性に満ち、変わることが出来る。だから罰によってその可能性を塞ぐべきじゃない。大人にもその可能性がまったくないという訳ではないが、子供と比べて遥かに難しい。彼らは既に学んでいる。彼らには自分の起こした行動の結果について問われるべき責任がある」

エヌディア氏の瞳は揺らいでいなかった。彼は僕と同じく信念を曲げるつもりがない。

「君の言うことはとても面白いと思う。だが、同時にその哲学、信念は実に危うく不完全なものだとも思う」

「それはどういうことですか」

「君はとても狭い世界で生きてきた。物理的な意味でも精神的な意味でも。隙間風の吹く粗末な宿舎。凝り固まった教会の教え。心そのものは無限に広がっていくようだが、教会の用意した環境は君に相応しい敷地を持ってはいなかったはずだ。君の考えはその狭い世界に適応したものに過ぎない。未だ外の世界を知らない」

　僕は黙ってエヌディア氏の言葉の一つ一つを確かめるようになぞっていった。次に彼が何を言うのか、何を言わんとしているのかを決して聞き逃さぬように。

「君は君の考えが真実であると信じて疑わないのだろう。その信念を曲げるつもりはないのだろう？　ならば、それを私に証明してくれ。私は君に世界を学ぶ為の環境を提供することが出来る。君があらゆる新しい世界を知り、開かれた場所に立ってもなお、その信念を貫き続けるのか、はたまた新しい境地に至るのか、どちらでも構わない。君は君の思う通りの真実を追求すればいい。私はそれを見てみたい。君がこれからどのように大人になっていくのか、その続きを。最初に君を守りたいと言ったが訂正させてほしい。君はそんなことは求めてはいないのだろうから。その上で私は改めて君に提案する。９、私たち夫婦の家に来てはくれないか」

　エヌディア氏の言葉が途切れた。僕に何か反論や言い分がないか確かめているようだ。何も言わない僕を見てエヌディア氏は続けた。

「きっと君は不満だろう、納得がいっていないのだろう。ただ、国の制度を利用して保護を受けながら生活を続けても、或いは私たち以外の誰かの養子になることを選んでも、恐らく君は満足しないと思う。きっと誰もが君のことを、理不尽な暴力を受けて傷付けられた、情けをかけるべき憐れな少年だと信じて疑わないだろう。それは決して君の望むところではないはずだ。私は君の言うこと全てを理解しているなどと言うつもりはないが、少なくともそれらの人々よりは君の考えが分かるつもりだ、9。私たちと過ごすことが、現実的に考えられる範囲では君にとって最善の選択であるように思う。勿論あくまでこれは私の考えだ。君には拒む権利があるし、気に入らなければ今、私が言ったことも全て忘れてくれて構わない」

それきり、エヌディア氏は沈黙した。僕の瞳をじっと見つめている。

答えは決まっていた。神は残酷だ。世界は残酷さによって形取られている。人間は神の残酷に似せて造られている。僕が唯一指針とし得る信念を否定する訳にはいかない。これは己に課せられた試練なのだ。彼の下でもなお、自らの真実をこの胸に抱き続けることが出来るか否かを神は見極めんとしているのだろう。

「分かりました。証明してみせましょう。その為に僕はエヌディア家の人間になります。貴方は本当にそれでいいんですか」

エヌディア氏は快い笑顔で手を広げた。

「勿論だよ。私たちは心から君を迎え入れるとも。ああ、今日はとても素晴らしい日だ」

僕はBに向き直って言った。

「B、何か手続きがあるのでしょう。早く済ませてください」

「え、いいのかい？　もう決めてしまっても」

「構いません、早く」

「あ……あぁ、すぐに用意するとも」

Bは鞄から書類を取り出した。

「この紙に両者が署名すれば、君は国の制度を用いてエヌディアさんの養子になることが法的に認められる。既にエヌディア夫妻は署名済みだ」

僕はBの手からペンを受け取り、教会から与えられた聖人の名前を書いた。契約は成立した。もう戻ることは出来ない。

「確かに受け取ったよ、9。これで君とエヌディア夫妻は親子になる。おめでとう」

「ありがとうございます」

「そういえば9、君は大事な荷物はないのか。もし教会に何か残してきた大切なものがあるならば取ってくるよ」

「何もありません。いや、ものじゃないけれど、一つだけお願いしてもいいですか」

「ああ、何でも言ってくれ」

「教会ではありませんが、修道院の方に僕と同じ孤児院育ちの修道士見習いがいます。彼らに伝えてください。『僕は修道院に行くことはない。もう教会にも戻らない』と」

Bは胸ポケットから小さなメモ帳を取り出し、僕の言葉を書き記した。

「他には何もないのかい？」

「ありません」

「私はこの書類を役所に届けてくるから、これで失礼するよ。エヌディアさんはどうされますか」

「私も失礼しよう。9、君がどう思っているか分からないが、私は本当に嬉しいんだ。妻にも最高の報告が出来るよ。全て君のお陰だ。ありがとう」

僕は何故、彼が感謝するのかが分からなかった。

「明日、仕事が終わったら君を病院まで迎えに行くよ。それまでに準備をしておいてほしい」

「分かりました。エヌディアさん」

僕が返事をすると、彼は笑って訂正した。

「君も今日からエヌディアになるんだよ」

「では僕はあなたを何とお呼びしたらよいのですか」

「私のファーストネームはダンだ。ダン・エヌディア。ダンと呼んでくれ。無理に父や母と呼ぶ必要はない。心の距離は時間が自然に縮めてくれるものだから」

「分かりました、ダン。それではまた明日」

「ああ、明日を楽しみにしているよ」

Bとダンは病室を出て行った。僕は去り際、彼らが小声で話すのを聞いた。

「まったく驚きました。あの大人しそうな子があんなことを考えていただなんて」

「いや、あの子は実に賢いんだ。私は彼の成長が本当に楽しみだ。……今度こそ見届けてみせるさ」

「ええ、きっと大丈夫です。エヌディアさん、貴方ほど立派な人を私は知りません」

「ありがとう、B。お世辞だとしても飛び上がりたいほど嬉しいよ」

「本心からの言葉ですよ」

その後も二人は話していたが、僕の病室を離れていったのでもう会話を聞き取ることは出来なかった。僕はベッドに寝転がり、天井を見つめた。何故かひどくくたびれていた。神父に殴られ続けた日々でさえ、このような疲れを感じることはなかった。

この日、不慣れなベッドの上で初めて夜中に目が醒めずに眠り続けた。まるでこれからこのベッドがある世界で生きていくことを身体が受け入れたかのように。

これでようやく孤児院の子供たちの第三の進路について語ることが出来る。最後の子供、ひとりぼっちの「9」が選んだ教会を出る三つ目の選択肢、それは「エヌディア家の養子になること」だった。

翌日、日が暮れる夕刻にダンが病院まで僕を迎えに来た。頭の傷はすっかり良くなって痛むことはまったくなくなっていた。僕が気絶している間に医者は七針も頭を縫ったらしいので、しばらくは様子見で病院へ通うようにとの指示を受けた。身体に無数にある痣《あざ》もてまめに薬を塗ればいずれすっかり綺麗になって跡形もなく消えると言われたけれど、僕にはそうする必要が見当たらなかった。

ダンの車は綺麗に磨かれ、夕陽に映えてよく輝いていた。車体は白く傷一つない。僕の知っている車と違った。教会近くのあの街路樹の道路を走る車は、撥ねた泥で汚れ、荒れた道を走るせいで小石が跳ねて車体には細かい傷が無数についていた。

僕はこの白く穢れのない美しい車に、病室のベッドと同じ居心地の悪さを感じた。もしも身体の傷が綺麗さっぱり治ったら僕はこんな風になるのだろうか。粗末な世界で学んだ一切を忘れ、何事もなかったかのような顔をして日々を過ごしていくのならば、僕は僕自身に居心地の悪さを感じながら生きていかなければならないだろう。そんなことは耐えられない。「やはり、傷跡は残しておく」と宣言した。ダンは頷いてそれを認めた。

僕ら二人は車に乗り込んだ。僕は車に乗るのは初めてだったので、出発には少し時間を要した。助手席のシートベルトの仕組みを理解するのに少々手間取ったからだ。シートベルトが僕の身体にうまく巻きつけられたとき、ダンは微笑んで言った。

「おめでとう。また新しく一つ学んだ」

彼はキーを回し、エンジンを掛ける。僕の知っている他の車は動き出すとき、いつも行き場のない怒りを喚き散らすように大きな声を出していたが、彼の車はまるで息を吐くように静かに、どこまでも穏やかに進み出した。

「家までそう遠くはないんだ。三十分もあれば着くよ」

僕は窓から市内の風景を眺めていた。対向車線を走る全ての車がダンの車と同じように美しい。屋根が朽ちて壊れかけているような家屋はどこにもない。街路樹は修道院の周辺より背が高く立派で、その根元に落ち葉が重なって敷き詰められているようなことはまったくない。清掃が行き届いているこの街は青空のような清潔さに満ちている。僕は実感しつつあった。これから、あの遠い日に見た「夫婦」「家族」「幸福」が僕の生活に入り込んでくるのだ、と。そしてそのことを不安に思った。自分の澄んだ信念が濁っていくような気がした。

「さあ、着いたよ、9。ようこそ我が家へ」

自分の思考に没頭している間に、車は目的地へと到着していた。黒く鈍い光を放つ頑丈な門から覗く豊かな芝生の庭と石畳。扉には訪問者を睨みつける獅子の装飾。それらを呆然として見ていると、僕の肩を叩いてダンが言った。

「ここが今日から君の家になる。ちゃんと君の部屋もあるんだぞ」

僕はこれから訪れる幸福の肖像を想像して気分が悪くなってしまった。こんな気分になるのなら、やはり神父に殴られていた方が何十倍もマシだった。

「どうしたんだ、9。気分が悪いのか？」

「慣れない車に乗ったから少し酔っただけです。すぐ治ると思います」

「すぐに夕食にしようかと思っていたが、その前に少し休むかい？」

「そうします」

僕たちが家の中に入ると、ドアに取り付けられたベルが澄んだ音色で訪問者を知らせた。

「ただいま、ディーナ」

「おかえりなさい、あなた。そして貴方が9ね。ようこそ我が家へ」

家の奥から現れたエヌディア夫人は美しかったが、痩せぎすで少し頬がこけていた。

「貴方のことを待っていたのよ。昨日は病院に行けなくてごめんなさい」

「気になさらないでください。エヌディア夫人こそ体調は大丈夫なのですか」

「もう随分具合は良くなったわ。元気よ。お気遣いどうもありがとう。それとね、9、私の名前はディーナよ。ディーナ・エヌディア。夫人だなんて言わずにディーナと呼んで頂戴」

「分かりました、ディーナ」

「9、挨拶のハグをしても？」

ディーナは近付き、僕をゆっくりと抱きしめた。この行為に何の意味があるのか僕にはこのとき分からなかった。彼女の身体の線は細く、抱きしめ返すと折れてしまいそうだった。彼女が満足げな表情をして僕から離れる。

「さあ、ご飯にしましょう。ご馳走を作ったわ。二人ともたんと食べてね」

「9は少し気分が悪いようなんだ。車に酔ったらしい」

「あら、そうだったの？　早く言ってよ、あなた。知らずに私一人だけ勝手に舞い上がってしまったじゃない」

ディーナは咎めるようにダンを見た。

「二階に貴方の部屋があるから、ベッドで心置きなくゆっくり身体を休めて。食事が何時になっても、私たちは全然構わないから」

「はい、ありがとうございます」

「9、案内しよう。こっちだ」

僕はダンに連れられて階段を上がる。二階の廊下を歩いて奥に入る。

「ここが君の部屋だ。好きに使ってくれ」

僕の為に用意されたエヌディア家の一室にはベッド、机、本棚、ランプといった必要なものが揃い、清潔に片付けられていた。ただ僕は部屋に入った瞬間、何故かどうしようもない違和感を覚えた。それが何なのか分からない。考えていると、ディーナが二階に上がってきた。

「ここに酔い止めと水を置いておくから、飲むと楽になるわ。じゃあまた後でね」

「お腹が空いたらいつでも下りておいで」

そう言って、エヌディア夫妻は部屋を出て行った。僕は酔い止めをゴミ箱の中に放り投げ、コップの水だけを飲み干す。少し気分が楽になった。

自分の為の机を、ベッドを、本棚を眺める。何かがおかしい。神父に殴られ気絶した僕は三日間、病室で眠りの中にいた。四日目に目覚めた後、Bから養子縁組の提案をされ、五日目にダンと面会し、そして六日目の今日、彼らの家に迎え入れられた。

どのタイミングでBから僕の存在についてエヌディア夫妻へ連絡がいったか分からないが、最長でも六日しか彼らには僕を迎え入れる時間がなかったはずだ。たった六日でこれだけの家具を用意し、部屋を整えることができるだろうか？　それに僕が養子縁組を受け入れる確証は彼らにはなかったはずだ。考えられるとすれば、彼らはずっと前からあらかじめまだ見ぬ養子の為の部屋を用意していたのだろうか？

十年以上も前から団体を支援しているエヌディア夫妻はその間、何人もの孤児を引き受ける機会があったはずだ。自分たちと相性のいい子供が見つからなかったのか。……十数年間も？　そんなはずはない。僕は違和感の正体に気付いて、小さく呟いた。

「この部屋は誰の部屋なんだ？」

少なくとも僕の為のものではない。それだけは確かだった。僕はこの誰かの部屋をあてがわれているだけだ。何者かの代わりに。

この家庭について、彼ら夫妻について、僕はまだ何も知らない。彼らのことをもっと知らなければならない。僕はこの得体の知れない部屋にいるのが嫌になって一階へ下りることにした。階段を下りていくと、どこからか肉の焼ける香りが漂ってきた。僕の足音に気付いたディーナが顔を出す。

「あら、9。もう具合は良くなったの？　無理しなくてもいいのよ？」

「ディーナのくれた酔い止めがよく効いたみたいです。ありがとうございます」

「それは良かったわ。食事は喉を通りそう？」

「はい、頂きます」

「じゃあ、リビングのテーブルに着いて待っていて」

ディーナは微笑み、台所に戻っていった。リビングでは、ダンがテーブルにナイフとフォークを並べていた。

「やあ、9。調子は良くなったかい」

「ええ、もう大丈夫です」

「それは良かった。こっちが君の席だ。座ってくれ」

僕は言われた通り自分の席に着いた。食器類を並べ終えたダンは、僕の向かい側に座った。

「ダン、一つ聞いてもいいですか」

「一つといわず、二つでも三つでも聞いてくれ」

「あの部屋はそもそも誰の部屋なのですか」

ダンはそれを聞いて笑った。

「本当に君は鋭いな。もう気付いてしまったのか。恐れ入ったよ」

「やはり、別の誰かのものなのですね」

「そのことは夕食後にちゃんと話そうと、妻とも相談していたんだ。いや、あの部屋のことというよりかは、私たち家族のことをね」

そのとき大きなお皿に豪勢な料理を載せてディーナがリビングに入ってきた。テーブルの上に次々と盛り付けられた皿が並んでいく。彼女は夫の隣に座った。

「さあ、頂きましょう。2人で何の話をしていたの？」

「9があの部屋は誰のものか、と尋ねてきたからそれに答えていたんだよ」

ディーナの顔色が変わった。今までずっと笑っていた彼女の表情に一瞬、悲痛の色が現れたが、すぐに今まで通りの明るい笑顔に戻って言う。

「……そう。でも、まずは食事を楽しみましょう。あなた、ワインは飲む？」

「ああ、頂こう」

「9は何か飲みたいものはある？　何でも好きなものを言って」

好きなものと言われても、僕は水と牛乳しか飲んだことがなかった。それをディーナに正直に伝えると何か閃いたような表情で言った。

「ジンジャーエールを飲んでみない？　炭酸飲料って分かる？」

「分かりません」

「ふふ、じゃあ決まりよ。きっとびっくりするわ。用意してくるから待っていてね」

ディーナは楽しそうに台所へ向かった。

「本当にジンジャーエールで良かったのかい？」

「ええ、出されるものは何でも食べます」

僕の返事にダンが笑う。

「そいつは頼もしいな」

ディーナがボトルを二つとグラスを三つ持って戻ってくる。ダンが血のように赤い葡萄酒を二人のグラスに、琥珀色の泡立つ飲み物を僕のグラスに注ぐ。

「では私たちの新しい家族に乾杯！」

ディーナがグラスを掲げた。

「乾杯」

ダンも掲げた。二人が僕を見つめる。

「……乾杯」

どういう意味か分からなかったが、僕らは同じ言葉を繰り返し、互いのグラスを軽くぶつけ合った。

「ああ、美味《おい》しい」

「うん、いいワインだ」

「さあ、9も飲んで？」

僕はディーナに言われる通り、グラスを口へと運んだ。すると、喉を液体が通り抜けた瞬間、火花が散るような強い刺激に襲われ、僕は一瞬混乱してグラスを落としそうになった。それを見た二人はさも愉快そうに笑った。

「ね？　びっくりしたでしょ」

ディーナは悪戯っ子のような表情を浮かべている。

「なんですかこれは」

「それがジンジャーエールだよ」

冗談めかしてダンが言う。

「おめでとう。また新しく一つ学んだ」

和やかに食事は進んだ。孤児院で、石のように硬いパンしか食べたことがなかった僕は、ディーナの作った焼きたてのパンを食べたとき、思いっきり歯と歯をぶつけてしまった。あまりにパンが柔らかすぎたからだ。それを見て二人はまた嬉しそうに笑った。ダンはナイフとフォークの使い方を教えてくれた。四苦八苦している僕をディーナは目を細めてずっと見ていた。

病院で少し緩和されたものの、僕の身体はまだ一日一食の教会での生活を覚えていて、多くの量を平らげることは出来なかった。台所へ皿を運ぶディーナを手伝いながら、話しかけた。

「すみません、せっかくの料理を残してしまって」

「気にしないでいいのよ。温め直して明日、食べればいいんだから。味は貴方の口に合ったかしら」

「あんなに美味しいものを食べたのは生まれて初めてです」

「嬉しいわ。そんなこと言われたら、毎晩ご馳走を作ってしまいそうよ」

僕らは食器を洗いながら他愛もない話をした。全ての食器を片付けてリビングに戻ったとき、ダンは真剣な面持ちで僕らを迎え入れた。僕はようやく本題に入れると悟った。

「二人とも座って」

ダンが僕の瞳を見つめて言う。

「もう一度、君の疑問を教えてくれ」

「あの部屋は本来、誰のものなのかということです」

「どうしてそのことに思い至ったのだろう？」

「貴方たちが僕を知ることが出来たのは一番早くて六日前です」

「実際は五日前だったよ」

「だとしたら尚更だ。この短い時間で僕を迎え入れる準備が出来すぎている。ずっと前から養子を迎え入れたくて、準備をしていたと考えても……」

「この十数年間、恵まれない子供を引き取るチャンスがいくらでもあったのにそうしなかった、ということになるね」

ダンは僕の言葉を引き継いだ。

「事実、そうなんだよ。正確に言うなら私たちは十三年前から団体の活動を支援し始めた訳だが、その間に養子を取ろうとしたことは一度としてない」

ダンがワインを飲みながら語り、ディーナは隣で暗い顔をして俯いている。

「私たち夫婦は待っていたんだ、あの部屋の本当の主が帰ってくるのを。ずっと待ち続けていた」

「……誰を？」

ダンがグラスをテーブルの上に置く。

「息子だよ」

その言葉がダンから発せられた瞬間、ディーナが顔を覆い、泣き始めた。僕は彼女が何故泣かなければいけないのか、理解が追いつかなかった。

「貴方たちには子どもがいたのですか」

「息子だ。名前はエデン。エデン・エヌディア。今年で十五歳。ちょうど君と同じ歳になる」

「僕と同じ？」

「私たち夫婦はその十五年を息子がどのように過ごし、育っていったのか、その一切を知らない。生きていてくれているのかさえも分からない」

ディーナが嗚咽《おえつ》を洩らし始める。

「彼に何が起きたんですか」

僕は初めてダンの瞳が揺らぐのを見た。

「誘拐だよ」

「誘拐？」

「私たちの幼く可愛い息子は何者かに誘拐されたんだ。よく晴れた気持ちの良い日曜日だった。私たち家族は公園に日光浴へ行ったんだ。そして一瞬、目を離した隙に息子は消えた」

「どうして誘拐だと言い切れるのですか？」

「私たちは警察に捜索願を出した。辺りを隈なく捜したが、息子は見つからなかった。森の茂みの中も、湖の底も渫《さら》った。他市の警察も出動した。しかしやはりどこにもあの子の姿は見つからなかった。ようやく歩き始めたばかりの幼いエデンが自分の足で遠くまで行ける訳がない。何者かが私たちの息子を連れ去ったのは、疑いようのない事実だ」

彼の声は幽《かす》かに震えていた。

「希望を捨てずに、息子が帰ってくることを信じて彼の部屋を作った。あの子の誕生日には、プレゼントを二人で選んだ。帰ってきたら私たちの持てる限りの愛を全部彼に押し付けてやるつもりだった。二年が経った頃、失意の中、Bと出逢い、彼らの活動の支援と奉仕に没頭することで必死に自分の心を支え続けた。傷付いた子供たちが救われていくのは私たちにとっても救いだった。消えてしまいそうな心の火を辛うじて灯し続けられた。だけど、いくら待ってもエデンは帰ってこない。そして遂に恐れていた日が訪れたんだ。宣告の日だ」

ダンの瞳は潤み、涙が滲み始める。ディーナはもう殆ど呻いている。

「時効だよ。この国では誘拐事件の捜索期限は15年までと決まっている。もう捜索は打ち切られたんだ」

「じゃあもう彼は？」

「分からない。成長したエデンがひょっこり帰ってくるという夢を見続けることも出来なくはない。だが捜索が打ち切られたとき、私たちは気付いてしまった。この15年で自分たちがどれだけ心をすり減らしたのかに。もう希望を抱くことに疲れてしまっているという、どうしようもない事実に。期待を裏切られたとき、一体どれだけ傷付くことになるのかを思い知ってしまった。もう一度立ち上がり、同じことを確証のない未来に向かって一生続ける覚悟が私たちには最早なかった。呪われた過去に囚われず、今を生きる為に、未来に向かって一歩を踏み出す為に私たちは、私たちは……」

長い長い時間が掛かった。この沈黙を知っている。彼は今、「儀式」を行おうとしている。あの夜の僕のように。彼は、彼らは、ずっと認められなかった事実と真に向き合おうとしている。被害者でいることをやめ、自分たちが残酷な現実の一部であることを認めようとしている。僕はいつまでも待った。彼らが一歩を踏み出すまで。

果てしなく長い沈黙の末に、ダンが歯を食いしばって言った。

「私たちは自分の中の息子を殺すことにした」

ディーナは遂に崩れ落ちた。ダンは目を瞑り、首を振った。溢れた涙が零《こぼ》れ落ち、頬を伝った。悲鳴のような泣き声と涙を啜る音だけがただただ部屋の中に響き続けている。

今、この瞬間、彼らの息子、エデンは死んだ。僕の目の前で子供のように涙を流す彼らが殺したのだ。エデンが生存しているかどうかは最早、問題ではない。エヌディア夫妻はこれからも続いていくエデンのいない生活を肯定した。もうこの世界にエデンの居場所はない。彼の存在を繋ぎとめていたエヌディア夫妻はその手を放した。最後まで希望を抱くことが出来るのは自分たちだけだと知りながらも、彼らは長い時を経て、その希望を捨てた。今を生きる為に、彼らは大事なたった一人の息子を忘れるという残酷な行いを受け入れた。

僕はひとつ誤解していた。きっと僕も彼らと同じように自分を支える為の夢や幻想を抱いていた。幸福の肖像などどこにもない。家族があろうともそれには関係がない。持つ者も持たざる者も等しく、どう足掻いたとしてもこの世界の残酷さと向き合わなければならない。自分がその残酷さの一部であることを受け入れないといけない日が来る。人によって早いか遅いかの違いだけで必ずその日はやってくる。これだけが人間に与えられた唯一の平等だ。

僕はエデンの先を生きる。この残酷な現実の結末を見届ける。僕を迎え入れたエヌディア夫妻がこれからどう生きるのかを。僕はもうここでの生活に恐れを抱いてはいなかった。彼らと日々を過ごしていくだろうと思った。

「ダン、ディーナ、泣かないで。貴方たちに罪はない。誰にも罪はない。この世界は残酷なんです。誰も悪くなどない。そう、誰も……」

僕は何度も言い聞かせながら二人を抱き寄せた。僕には家族というものが分からない。でも確かに今、僕たち三人は同じ世界の一部として、同じ屋根の下、同じ夜を分かち合っていた。

二人は夜が明けるまで、涙が涸《か》れ果てるまで泣き続けた。僕は朝が悲しみの終わりを告げるまで、ずっと彼らの傍にいた。

「警部」

「何だ」

「渋滞を抜けました」

「なら早く車を進めたまえ。何故、停まっているんだ」

「見れば分かるでしょう。署に到着したからですよ」

「…………」

「車を降りますか？」

「降りるとどうなると思う」

「私たちは署員に迎え入れられます」

「それで？」

「現場検証の際、既に証拠品のリストに入っているので、そのノートは回収されます」

「G」

「なんですか、警部」

「私たちはまだ署には到着していない」

「何を言い出すんですか」

「じゃあ、現場に忘れ物をした」

「『じゃあ』は余計ですよ、警部」

「本当に申し訳ない。戻ってくれないか」

「忘れ物なら仕方ありませんね」

「頼む」

「周辺を適当に流せばいいですか？」

「そうだな。ありがとう、G。君は本当にいい男だ」

調子のいいKに、Gは苦笑しながら大きくハンドルを切った。


ダンは病院で僕と初めて逢ったとき、時間が距離を縮めてくれると言った。ならばあの夜、きっと時は光より速く通り過ぎたに違いない。彼らは重荷を取り払ったような、霧が晴れたような、清々しい表情をしていた。僕も彼らに壁や嫌悪を感じることはもうなかった。午後の穏やかな陽射しが窓から射し込む中、昼食を済ませたダンが紙きれを差し出した。

「9、絵は好きか？」

「いえ、特に……そもそも、僕は教会にある宗教画しか見たことがありません」

「じゃあ尚更、君にはいいかもしれない。市内の美術館で若い気鋭の画家たちの作品を集めた展覧会が催されているんだ。会社の同僚からチケットを貰ったから見に行っておいで。私は今から仕事に行くよ。いつまでも泣いている訳にはいかないしね」

ダンにはもうそうやって冗談を言って笑う余裕があった。

「美術館は職場の途中にあるから、ついでに送って行ってあげよう」

「ありがとうございます、ダン」

「二人ともいってらっしゃい」

ディーナに見送られて僕らは家を出た。

「9、昨夜はありがとう。私たちはようやく自由になった。羽が生えたように身が軽い」

「僕は何もしていませんよ、ダン。お二人が勇気を出されたのです」

「君がいたから私はやっとその勇気を得られたんだよ。やはり君のお陰だ。ありがとう」

ダンは車を運転している間、繰り返し僕に礼を述べていた。

「さあ着いた。9、あの白い建物が見えるかい」

すぐ近くの建物を指差した。

「あれが美術館だ。今来た大通りを歩いて戻れば四十分くらいで家に帰れるけど、念の為に市内の地図を渡しておこう。あとお小遣いもね」

僕はダンから地図とお金を受け取った。

「それとこれも」

ダンは優しく僕に帽子を被せた。

「まだこの街に馴染みがないだろうから、帰りはちょっと探検してみるといいよ」

「ありがとう、ダン。また家で逢いましょう。気を付けていってらっしゃい」

「ああ、行ってくるよ。君も楽しんでくれ、9」

車がゆっくりと去っていくのを見届けてから美術館の中へと入った。受付係にチケットを差し出すと、丁寧なお辞儀と共に中へ通される。

「ごゆっくりお楽しみください」

館内はどこまでも静かだったが、それなりに客が入っていた。

色彩豊かな絵が多い。どうやって描いているのかまるで分からない。みんな相当に修練された腕前のように見える。でも、ただそれだけだ。それ以上のことを僕は何も感じ取ることが出来なかった。時間を掛けて一つずつ丁寧に見て回ったつもりだったが、いずれの作品も僕の心に訴えてこなかった。

他の客たちはこの絵がいい、あの絵がいいと評価し合っている。自分には絵画を見る感性がないのかもしれないと思い始めていたとき、人だかりが出来ている空間に気付いた。覗いてみると、やはり一枚の絵がある。それはどこか他の絵画と様子が違った。

壁に飾られた他の絵画はどれも、輝く額に収められて並び、堂々と存在を誇っている。しかし、その絵だけは何故か剝き出しのまま、絵の具で汚れた画架に立て掛けられてこの画廊の中心に居座っていた。他のどの絵よりも人々の注目を浴びていて、僕は引き寄せられるようにその絵に近付いた。周りの客が口々に囁いている。

「何故、あの絵だけ額に収められていないのかしら」

「なんでも、予定にないものを急遽、展示することになったからだそうだ」

「私が美術館の知人から聞いたところ、この絵の作者はずっと展覧会への出品を依頼されていたが、断り続けていたらしい。だがつい先日、何故か突然、作者から許可が出て美術館は急遽スペースを用意したのだ、と言っていた」

「作者は気まぐれな子なのかもしれないな。彼はまだ十代半ばだと聞いている」

「この絵をそんなに若い子が？」

「にわかには信じられません」

「ありふれた光景なのにどうしてこんなに惹き付けられるんだろう」

「まるで絵の中で人が生きているように見えるわ」

「素晴らしい絵よ。見ていると、この世界に吸い込まれていきそう」

「ああ、そうだね。何故かな。この絵の前に立つとどこか心地好い気分になる。いつまでも見ていたいよ」

「私も同感です。全身に幸福が満ちていくようだ。来月の展覧会にも出品してくれるといいのですが」

誰もがその絵のことを称えている。僕は賞賛の言葉を聞き流しながら、絵の前に立って眺める。

「題名　自画像」

石畳の敷き詰められた広い空間に一本の大きな針葉樹が植えられている。針葉樹の前に置かれた小さな椅子。その椅子に幼い金髪の少年が座っている。たったそれだけのシンプルな絵だ。

絵について何の知識もない僕でも、作者の技量が他と比べて数段上であることが手に取るように分かった。この絵は完璧で寸分の狂いもなく世界を描写している。絵の向こう側にもう一つの生きた世界が無限に広がっているように錯覚することが出来る。それは疑いようのない事実だった。なのに、どうしてかその絵について他の客たちと同じような感慨を抱くことが出来なかった。僕の感想は次の一言に集約された。

——苦い。

絵を見た瞬間から、何故かどうしようもなく口の中が苦かった。決して水で洗い流すことは出来ない舌が痺れるような苦さは、僕に3年前の出来事を思い出させた。かじかむ手で街道の落ち葉を拾ったあの日々を、幸福な家族に心が押し潰され、燃え盛る炎が吐き出す真っ黒な煙が空を穢すことを願ったあの瞬間を。間違いない、僕の胸に渦巻いた感情の正体は紛れもない「憎悪」だった。

誰もが賞賛を浴びせる中、僕だけが絵と作者に対して言い様のない怒りを感じていた。一体、この絵の何が僕の心をここまで揺さぶるのか分からない。絵の中で椅子に座る幼い金髪の少年を見ていると僕は頭がおかしくなりそうだった。

憎悪の炎は瞬く間に僕の心から身体へと燃え移り、手の指先や足の爪先に至るまで、その全てを支配した。僕の頭は真っ黒に塗り潰され、自分では最早、制御することが出来なくなってしまった。憎悪に突き動かされた僕は、一歩を踏み出した。

次の瞬間、不意に沈黙が訪れた。美術館内は僕が来たときから静寂に包まれていたが、この沈黙はそれとは比較にすらならなかった。僅かに聞こえてくる全ての音が消えた。口々に囁く声も咳もない。足音もない。衣擦れの音すらない。誰もが呆気に取られ、目の前で起きている出来事に理解が追いつかなかった。

皆が呆然とした眼差しで僕を見ていた。最初はそれがどうしてか分からなかった。ただ気付くと、憎悪の炎は心から消え去っていた。我に返ると、何故か僕の指は薄汚れ、その手には紙片が握られていた。同じく幾つもの紙片が宙を舞っては雪のように地へ落ちていく。辺りを見回す。目の前に展示されていたはずの「自画像」がない。僕は強く握られた自分の手を解き、その紙片を裏返した。すると片方の瞳だけになった幼い金髪の少年が僕を見ていた。そのとき僕は理解した。自分が憎悪の炎の赴くままに「自画像」を破り去ったことを。

僕は走り出した。風を切るように画廊を駆け抜け、美術館の出口を目指した。女性が悲鳴を上げ、男性は怒号を放った。次々に叫び声が伝播する。

「あいつを捕まえろ！」

その頃にはもう遅かった。僕は美術館を抜け出して、彼らの手が届かないところまで走り去っていた。ダンが帽子をくれて本当に良かったと思った。既に追っ手の気配はしていないが、顔が見えないように更に帽子を目深に被って顔を隠した。無事にエヌディア家へと辿り着いた後で時計を見ると、僕は歩いて四十分の距離を二十分で一気に駆け抜けたらしかった。

ディーナは洗濯物を取り込んでいるところだった。

「おかえりなさい、9。随分と早かったわね。どうしたの？」

「ただいま、ディーナ。何でもないんです。特に面白い絵がなかったので、すぐに美術館を出てきてしまっただけです」

「あらそう、残念ね」

「僕にはまだ絵は難しいのかもしれません」

「これに懲りずにまた行ってみるといいわ。あの美術館は定期的に面白い展覧会をしているから。きっといつか気に入るものが見つかるはずよ」

ディーナが服を畳みながら言う。

「はい、ディーナ。行ってみます」

僕は口ではそう言いながらも、二度とあの美術館を訪れることはないだろう、と考えていた。

「もう日が暮れるわね。少し早いけどご飯にしましょうか」

「ダンはまだ帰ってきていませんよ」

「ダンは今日、午後から出勤したから帰りが遅くなるのよ。外で食べてくると言っていたわ。私たちだけで済ませてしまいましょう」

「分かりました。何か手伝いますか？」

「じゃあ、野菜でも切ってもらいましょうか」

僕はディーナから包丁の使い方を教わり、簡単な料理を手伝いながら、美術館で起きた出来事について考えていた。何故、僕は絵を破ったのか。今、冷静に考えても理由が分からない。分からないことは考えてもしょうがない。僕は思考の方向を変えた。僕はあのときどうして逃走したのか。それはエヌディア夫妻に迷惑を掛けたくはなかったからだ。僕自身はどうなろうと構わないが、彼らを巻き込むのは気が引けた。

背丈は隠しようがないけれど、幸い帽子のお陰で誰も僕の顔をまともに見た者はいないはずだ、ただ一人を除いて。僕はディーナに見えないよう、ポケットに手を突っ込んで紙片を取り出した。絵の中の少年の瞳が僕を見ている。彼だけは僕のことを知っている。エヌディア夫妻に迷惑を掛けたくないと思っているのに、どうしてか僕は証拠になってしまうその紙片を捨てられなかった。

夕食後、シャワーを浴びて、自分の部屋に戻った。紙片は机の上に置いた。夜が更けてもダンはまだ帰ってきていなかった。

真っ暗な場所で、自分が紙の中に閉じ込められ、ズタズタに引き裂かれている夢を見た。その様子を宙に浮いた「自画像」の紙片の中の彼が目を細めて眺めていた。笑っているようだった。僕は自分の身体が切り刻まれていくのを感じながら彼の瞳に問うた。

「君は誰だ？」

口のない彼は答えることが出来ない。彼はなおのこと目を細めて笑うだけだった。やがて僕の口も塵のように切り刻まれ、何も問うことは出来なくなった。


翌朝、窓からの光で僕は長い夢から目を醒ました。当然だが、身体のどこにも刻まれた跡はなく、五体満足だった。一瞬、昨日の出来事全てが夢だったのではないかと思われたが、起き上がって机の上に目を遣ると、紙片が置かれていた。今にも瞬きをしそうな生きた表情の瞳が僕の顔を覗いていた。

彼と視線を交わしていると、ディーナが朝ご飯の用意が出来たので下りてくるようにと、扉の向こう側から言った。僕はベッドを整え、ズボンのポケットの中に瞳の紙片を突っ込んで一階へと下りていった。既に二人が席に着いている。パンの焼けた香ばしい匂いが漂ってきた。

「おはよう、9」

「おはよう」

「おはようございます、ダン、ディーナ」

ダンがパンにバターを塗りながら僕に微笑んだ。

「昨日は帰りが遅かったから聞けなかったが、美術館はどうだった？」

僕が口を開く前にディーナが代わりに答えた。

「あまり面白い絵がなかったそうよ。すぐに帰ってきたわ。そうよね、9？」

「はい、ディーナの言う通りです」

「そうなのか。しかし噂を聞いたよ、何か事件があったんだろう？」

ダンは僕とディーナの顔を交互に見る。

「事件？　何よそれ、私は知らないわ。9は何のことか分かる？」

僕はためらいなく嘘を吐いた。

「何のことか分かりません」

「なら9は事件が起きる前にもう美術館を出てしまっていたんだな。これをご覧。今朝の新聞にも小さくだが、記事が掲載されている」

ダンは足元に折り畳んで置いていた新聞を引っ張り出して僕らに見せた。

「どうやら展示されていた一枚の絵画が何者かに破り去られたらしい。白昼堂々、あまりに突然で大胆不敵な犯行で、みんな呆気に取られて犯人はその隙に逃げてしまったとのことだ」

「僕が帰った後にそんなことがあったんですか。他には何が書かれているんです？　犯人のことは？」

「それについては詳しく記述されていない。どうやら美術館は犯人を追う気はないらしい。というより絵を破られた作者がそれを拒んだ、と書いてある」

「あら、てっきり作者が一番怒っているのかと思ったら、違うのね」

「記事を読む限りでは『取材を行ったところ、作者は、また新しいのを描くから構わない。自分は何も気にしていない。むしろ、警察や新聞社に集中を乱される方が自分にとってはよっぽど迷惑だ』とある。なかなか面白い人のようだね。美術館は画家から絵を借り受けていただけだから、彼がいいと言ってしまえば今回の件はそれまでだ」

新聞に書かれている通りなら、僕にはもう何の心配もない。

「私だったら犯人がはっきりしないと、絶対にすっきりしないわ。この画家さんは自分の大事な作品を壊されて何とも思わないのかしら。あなたはどう思う？」

ディーナは納得がいかないようだった。

「もしかしたら、今描いている目の前の作品にしか興味がないのかもしれない。私は芸術家ではないから、彼の気持ちはよく分からないな。学校の美術の成績も平均的だったしね」

そのとき突然、ダンが膝を叩いた。

「そうだ、学校で思い出した。9、明日、学校へ見学に行かないか」

ディーナも手を叩いた。

「私もすっかり忘れていたわ」

「僕が学校へですか？」

「来月から新学期が始まる。編入するならこのタイミングが一番いいだろう。既に義務教育の年齢は過ぎているから、望むのなら働きに出ても構わないが、9、君は賢い子だ。私はやはり学校に行くべきだと思う」

僕は何と答えるべきか思案していた。

「学校は君の考える信念とは大きく異なった場所かもしれない。君の否定する欺瞞に満ちているかもしれない。だが、病院で言った通りだ。君は色んな外の世界を見て回ることで、初めて自分というものを確かにすることが出来る」

僕はダンの言うことを否定したいとは思わなかった。

「学校に行くことは、ダンの言う『証明』の一つになるということでしょうか」

「そういうことだ、9」

僕が迷う必要はなかった。

「分かりました。学校に行きます」

それを聞いてエヌディア夫妻は顔を見合わせて喜んだ。

「9、あなたは今まで独りで生き抜いてきたとても強い子よ。他の大勢の子たちが自分とは随分異なっているように見えるかもしれないわ。でもきっと大丈夫。その中に必ずひとりはあなたと分かり合える人がいるから。必ずよ。大勢に惑わされず、その一人を見つければいいの。そんな友達がどこかで貴方を待っているはずだから……」

「ありがとう、ディーナ。言う通りにやってみます」

「今日は記念日ね。9の新しい門出を祝ってご馳走を作るわ」

「気が早いんじゃないのか。お祝いは入学してからでいいだろう」

「入学したときも、もちろんお祝いはするわよ？」

「君は本当に記念日を作るのが好きだなぁ」

「そうよ、だって私は……」

エヌディア夫妻が朗らかに談笑している間、僕はダンから手渡された新聞を改めて読み直していた。ダンの言う通り、本当に僕について何の記述もないことを確認する。その小さな記事はこう締めくくられていた。

「記事の中で僕の絵を破った方に向けた僕の言葉を掲載してくれませんか？」

記者が承諾すると彼は次のように述べた。

「ありがとう、君のお陰で僕は今日生まれて初めて心の底から笑うことが出来た。

君に心から感謝の意を捧げる」


「笑う？」

僕は昨晩の夢のことを思い出していた。そして、自分のポケットを見る。エヌディア夫妻の手前、紙片を取り出し、確かめることは出来なかったが、このポケットの奥で彼がまた目を細めているのではないかという気がしてならなかった。


翌日、僕ら三人は市内の学校に向かっていた。この日生まれて初めてバスに乗った。学校は、交通機関を利用して、家から三十分の距離にあった。僕は座って流れゆく街の風景をただ眺めていた。これから毎朝、この景色を見ることになる訳だ。

バスを降りて少し歩くと、大きな校舎が見えてくる。その門をくぐると眼鏡を掛け、黒いスーツの女性が僕たちを迎え入れた。

「お待ちしておりました、エヌディアさん。私、教諭のTと申します。どうぞこちらへ」

僕らはTに校舎とは別の棟にある応接室に通される。その途中、数人の子供たちとすれ違う。彼らが笑うのを見ていると少し具合が悪くなってきた。

僕はまた不安になっていた。もしも、先程すれ違ったあのような生徒たちがこの学校の大部分を形成しているのなら、僕は教室に入った瞬間、吐いてしまうんじゃないだろうか。彼らの笑い声を一瞬、聞いただけでよく分かった。彼らは学校や家族に守られて、世界の残酷さに蓋をし、その一切から目を背け生きるように仕組まれている。自分の全身が拒否しているのを感じた。僕は既にどういう風に言えば、学校に行かないことをエヌディア夫妻に納得してもらえるかを考え始めていた。

「貴方は何か質問はある？　●●●」

不意にTが僕のことを教会に与えられた●●●という名前で呼んだ。

「疑問だとかこれからの不安だとか何でも聞いて。貴方がこれまで学校に通っていなかった事情はご両親から聞いているわ、さぞ辛かったでしょうね……」

Tは僕を悲劇の登場人物として扱おうとしている。一瞬、ダンが気遣うような視線を僕に送るが、僕は何も問題はないという意志を込めて、彼を見つめ返した。

「T先生、一つお願いがあるのですが、聞いて頂けますか」

「何かしら、●●●」

「僕のことをその名前で呼ばないで頂きたいのです」

「え？」

「それは頼んでもいないのに勝手に教会に付けられた名前です。僕はこの名が好きじゃない」

Tは僕の発言に動揺しているようだった。

「そ、そう。では何と呼べばいいかしら？」

「9と呼んでください」

「9？　数字の9？」

「家でも僕はそのように呼ばれます」

「本当なのですか？　エヌディアさん」

信じられないといったTの口調にディーナが頷いて答える。

「ええ、私たちは9と呼びますわ」

混乱し始めるTに僕は畳み掛ける。

「学校でも僕の名前を9にしてもらえませんか？」

Tは少し考えてから答えた。

「貴方の希望はこれから行う入学手続きは本来の……つまり、貴方の言うところの教会から与えられた名前で通すとして、テストの答案用紙に名前を書いたり、友達に名前を呼ばれたりすること、学校生活におけるその後の一切は『9』という名前を使いたいということかしら……？」

「その通りです」

Tは頭を抱えて悩んでいた。

「どうしたものかしら……。私は一教師に過ぎません。私個人では許可するかどうかは判断しかねます。そもそも、そのような事例は今までなかったですから。ただ、やっぱり数字の9というのはあまりに無理があると思うわ。目立ちすぎる。もし私が校長にそのことを提案するとしたら、9ではなくキュー。あなたの名前はキュー・エヌディアになると思うけれど」

「構いません。とにかく●●●以外なら何でも良いのです」

「分かりました。前向きに検討するわ」

「T先生、我儘を申すようですが、どうかよろしくお願いします」

ダンが頭を下げた。Tは手を振ってとんでもない、と答える。

「生徒の為に最善を尽くすのは教師の務めですから。出来るだけやってみます●●●。いえ、9、何か他に質問はあるかしら」

「校内を一人で歩いてみてもいいですか」

「この許可証を腕に巻いてくれたら校舎を自由に出入りして構わないわ。今はちょうど昼休みが始まる時間だから授業は見れないだろうけれど」

「問題ありません。僕はこの学校の生徒のことが気になるのです」

「そっちの方が大事だわ。これから友達になる子たちですもの」

僕は答えず、Tから校章の付いた許可証を受け取り、腕に巻いた。ダンが僕を見つめる。

「9、念の為に言っておくけれど、学校は他にもある。選択肢は一つじゃないからね」

「はい、分かりました。ダン」

「私たちは先生ともう少し話したいことがあるから、先に校内見学に行ってくるといい」

僕は応接室を出て、生徒たちの集まる校舎に向かった。ダンはああ言ったが、どこに行っても学校に大した違いはないだろう。僕は自分の感覚が正しいか確認したかった。近付くと校舎の外にまで子供たちの賑やかな声が聞こえてくる。僕は既に嫌気が差し始めていたが、どうにか歩みを進めた。

突然、そんな嫌気を吹き飛ばすような光景が僕の目の前に現れた。応接室から校舎に辿り着くには階段を上がって、二階にある別棟と本棟を繋ぐ渡り廊下を通り抜けなければならない。二棟の間に石畳の敷かれた広い中庭があり、渡り廊下からその一部を見下ろすことが出来る。中庭の中心には一本の大きな針葉樹が植えられている。

僕の脳裏にあの瞳が浮かぶ。僕はポケットから紙片を取り出した。間違いない。この石畳と大きな針葉樹。絵の中に描かれた景色と目の前の光景は同じものだ。僕が美術館で破り去った「自画像」はこの場所で描かれた。

あの絵の作者はまだ十代半ばだとか言っていた。この中庭も樹も立派なのは確かだが、わざわざ足を運んでまで描きたくなるロケーションだとは思えない。僕は確信にも近い予感を抱いた。

――あの絵の作者はこの学校の生徒なのではないか?

僕は先程までの重い足取りが嘘のように走り出していた。渡り廊下を駆け抜け、本棟の一階へと下りる。すぐに中庭へ続く通路が見つかった。僕は広い中庭のあちこちを歩き回り、針葉樹の周りをぐるぐると回りながら、記憶の中の「自画像」の背景と一致する角度を探した。

「ここだ」

校舎寄りの一番奥、そこが「自画像」の描かれた位置だった。しかし、当然だが椅子もあの幼い金髪の少年もどこにもいない。僕は辺りを見回した。校舎本棟の一階には中庭に面した教室が三つあり、一つだけそばに水道が設置されている。その水道は遠目に見ても随分と汚れているのが分かる。汚れの正体は絵の具だった。僕は中庭に通じている教室の扉を開けた。鍵は掛かっていない。人の気配がなかった。

教室の後方には網棚が設置され、無数の絵が乾かされている。左右に並べられた数え切れない石膏の胸像たちが僕のことを見ている。そして前方には薄汚れた黒板と机とたった一台の画架がある。その画架の上に一枚の紙が置かれている。僕は一歩ずつ画架に近付いた。机の上にまだ汚れていない筆と絵の具が並べられている。これから誰かが絵を描こうとしているのか？　その瞬間、呼びかける声がした。

「誰？」

ドアが開かれ、一人の男子生徒が現れた。彼は筆洗いのバケツを持ち、絵の具が染み付いた前掛けをしていた。

「見ない顔だね」

彼は僕の腕に巻かれた許可証を一目見た。

「外から来たのか。見学？」

「ああ、そうだよ。勝手に入って悪かった。すぐに出て行く」

しかし彼は中庭へ続く扉に向かおうとする僕を引き止めた。

「どうして。わざわざ見学しに来たんだろう。ゆっくり見ていけばいい。大したものはないけれど」

彼は穏やかに笑った。そのとき僕は初めて彼の瞳をまっすぐに見た。

「君は変わり者だね。よりにもよって美術室の見学に来るなんて」

「どういう意味？」

彼はバケツを机の上に置いた。

「知らないのかい。この学校は市内でも有数のスポーツ推薦校なんだ。運動部に大きく力を注いでいる。そのかわりに文化部はどこも人がいない。殆ど廃部寸前だ」

「でも美術部は心配ないんじゃないのか」

「どうしてそう思うんだい」

僕は網棚で乾かされている無数の絵を指差した。

「あんなにたくさんの絵が描かれている。さぞ部員が多いんだろう」

彼はそれを聞いてまた笑った。

「生憎だけれど、この学校に美術部員は僕しかいないよ」

「君一人だけ？　じゃあ、あれは授業で描かれたもの？」

「違うよ」

「全部、君が描いたの？」

「そうだ」

「あの量をたった一人で？」

「そう」

僕はとても信じることが出来なかったが、彼は何でもないことのように頷いた。

「全部で何枚あるんだ？」

「1、2、3、……いや、数えている間にもう一枚描けそうだからやめておこう」

彼は嘘か本当か分からないことを呟きながら、椅子に座った。

「君も座るといい」

彼はもう一つ椅子を引っ張り出して僕に勧めた。

「僕は描いたことがないから分からないんだけど、絵というのは普通、そんなに短時間で仕上がるものなの？」

「他の人がどうかは分からない。そもそも描く速さなんて比べたり、競うようなもんじゃないんだ。人それぞれ描き上げるために必要な時間は違うから。そんなことは気にしちゃいけない。自分と絵がちゃんと向き合えたなら遅くても速くてもどちらでもいいんだ」

僕はその答えにひどく納得し、反省した。

「今のはおかしな質問だったな」

「そんなことはない」

「他に質問をしても？」

「どうぞ」

「美術部員が君一人しかいないとさっき言っていた」

「その通りだ」

「どうしてこの部は廃部にならないんだ？」

「僕の絵を気に入っているスポンサーがいる」

「スポンサー？」

「その人は学校に多額の寄付をしている。校長は頭が上がらない。多少の無理を通すくらいは訳ないんだ」

「だからそんな特別扱いも許される？」

「うん、権力というのは恐ろしいね」

彼は他人事《ひとごと》のように言う。

「この教室は、君専用のアトリエみたいなもの？」

「え？　あぁ、そうか、確かにそうとも言えるね」

彼は今、初めて気付いたように言った。僕は改めて彼の貌《かお》を見た。彼自身が絵画のような美しく整った顔立ちをしている。

「一日に何枚描く？」

「その日、描ける分だけだよ。十枚描く日もあれば一枚だけ描く日もある」

「十枚も？　いや、悪い。多分、君はまた枚数は関係ないと言うんだろうな」

彼は微笑んで大きく頷いた。

「そうだよ。だんだん分かってきたね」

「しかし、だとしても分からないな。一体、何が君をそこまで絵に駆り立てるんだ？」

彼はやはり微笑した。

「その質問の仕方は実にいいね。僕の絵を見て人が何か言うときに、一番うんざりする言葉がある。何か分かる？」

僕は何も浮かばなかった。首を横に振る。

「答えはね、『あんなにたくさんの絵を描けるなんて君はよっぽど絵が好きなんだな』といった類だよ」

彼は少し俯き、ほんの僅かに哀しみを滲《にじ》ませて言った。

「僕は好きか嫌いかで絵を描いたことなんて一度もないのに」

「それでも絵を描く理由はどこにあるんだ？」

「この瞳だ」

「瞳？」

彼は自分の瞳を指差し、教室の後ろに視線を移した。

「あの網棚から適当に一枚、絵を取り出してみて」

「どれでもいいの？」

「いいよ、好きなのを選んで」

僕は彼の言う通り、一枚を取り出して眺めた。絵の中に描かれている何もかもが波の立った水面に映ったように、ぐちゃぐちゃに歪んでいた。

「……これは何？」

彼は淡々と答える。

「それが僕に見えている世界だよ。僕は昔から変な物が見えたり、物が変に見えたりしたんだ。机とか鉛筆とかがその絵のように、ぐにゃぐにゃになって歪んで見える。大変だよ、ノートに線がまっすぐ引けないんだから」

彼は乾いた笑い声を上げたが、すぐに真剣な表情になった。

「幼い僕は発見したんだ。歪みをそのまま写し描けば、絵の中へ封じ込められることに。すると現実は元通りになり、一切があるべき姿を取り戻す。僕はノートにまっすぐな線が引けるようになる。それ以来、今日に至るまで僕は絵を描き続けている。もし絵を描くことをやめたら、僕は歪んだ世界で瞬く間に気が狂ってしまうんだろうね」

冗談のように聞こえたが、彼は本気で言っていた。

「世界が歪み始めた原因は分かっているの？」

彼は首を横に振る。

「さあね。なんとなく関係していると感じることは一つある。僕はね、この世界のありとあらゆる全てがいつも絵空事のように思えるんだ。自分も含めてね。いつもどこかふわふわとしていて現実感に欠ける。僕の感覚は他の人々がスクリーンを通して映画を見ているのに似ているかもしれない。きっと僕は現実というものに対して人より親しみに欠けるんだろうな」

「親しみ？」

「そう、親しみ。馴染みがないということ。僕には、みんなが当たり前にやっていることがとても難しく思えるときがある」

「例えばどんな？」

「君と僕とが座っている『椅子』があるだろう？」

「ああ」

「これは本当に同じ『椅子』なのか？」

「君は同じではないと感じる？」

「僕にはそのことが分からないんだ。その椅子とこの椅子とはまったく別の物に感じられる。あらゆる形の、あらゆる色の、あらゆる大きさの『椅子』がある。全部本当は違うけど、人はその違いを無視してみんなひっくるめて『椅子』と呼ぶ。座る用途に用いられるものを『椅子』と呼ぶ。随分と乱暴なことだと思う。それぞれ違う存在をみな一緒くたにしてしまう。僕にはそれが耐えられない。僕は言葉を使うたび、存在から遠ざかっていくような気分になるんだ。人と同じように感じたり考えたりすることがうまく出来ない。だから見ている現実との隔絶が歪みになって現れている気がする」

「君は絵を描くとその歪みを治せる。ということは、君は絵を描くことで現実に親しみを感じることが出来る」

「そうだよ。試しにこの椅子を絵に描くことを想像しよう。僕は筆を持ち、椅子の構造から細部の木目に至るまでの全てと向き合うことになる。僕はこのとき『椅子』という言葉から遠ざかり、名前の付けようがない存在を見つめることになる。目の前の存在をありのまま受け入れられる気がする。対象を描き終えるとその存在とほんの少しだけ距離が縮まる。僅かに親しくなった気がする。だから、一度絵に描いたものはもう僕の視界で歪むことはない」

「君にとってはこの絵が現実と対になる『名前』なんだな。絵を描くことは世界に名前を付けることなんだ」

「そう、あらかじめ用意されている言葉は僕にとって親しみがない。だから代わりに絵を描く。すると絵が僕の用いる個人的な記号になる。こんなもの、誰の役に立つとも思っていない。しかし、僕にとっては重要な作業だ。僕は絵を描いて現実をつくりなおしているんだと思う。僕は絵を通じてしか世界を捉えることが出来ない」

「君を理解出来る訳ではないけれど、そういう気持ちはほんの少し分かるよ」

「君にも親しみのないものがある？」

「あるよ。一番うんざりするのは自分の名前だ。僕は名前なんて本当はいらないと感じている」

彼はそれを聞いて納得したように頷いた。

「分かるよ。僕の場合は絵の題名だ。自分の描いた絵に本当は題名なんて付けたくないいんだ。でもそれを強要されることが時々ある。絵を描くことが既に自分の見た世界を表しているのに、何故わざわざそれをもう一度言葉で示し直さないといけないのかが僕には分からない。君はそういうときどうするの？」

「どうするって何を？」

「僕は絵を描くことで現実に親しみをもつ。君は？　親しみのないものをそのまま放っておくの？」

「放っておかないよ。方法はある。僕は自分に別の名前を付ける」

「どんな名前を？」

「今、使っているのは『キュー』だ」

「それは数字の9？　アルファベットのQ？」

「どっちだって構わない。君の好きな方を選べばいい。僕には自分の名前なんてどうだっていいんだ。全部、ただの記号なんだから」

「どっちでもいいのか。……じゃあQにしよう。そうだ、それがいい。君はQだ」

彼は筆を取り、画用紙の上に黒い絵の具で大きく美しい円を描いた。僕はそれが何を表しているのか分からない。

「どうしてQの方がいいと思うんだ？」

「僕はQという文字のデザインが気に入っているんだよ」

彼は紙の上の円を指差した。

「ここにOという文字が、或いは円という記号がある。それは完結している。Oを描く線が外に広がっていくことは決してない。線は永久にOの中に封じ込められたままだ。しかし、こうするとどうだろう」

彼は紙の上に描かれた円の下部に滑らかな曲線を書き足した。それはOではなくQになった。

「見てくれ。Qという文字は、まるでこの閉じられた線が逃れられないOの運命から抜け出して、どこまでも広がっていく光景のように見えないか」

僕は頷いた。

「君の言う通りだ。僕にもそのように見える」

「僕はQという文字に希望を感じる。この閉じられた現実から抜け出す可能性や広がりを見出せる。Qは僕にとって希望の象徴だ」

「君にとってそんな大切な意味を持つ文字を僕なんかの名前に与えてしまっていいのか」

「こんな話をしたのは初めてなんだ。僕は今、とても嬉しい。だから僕が持っているこのQという文字についての思想を君に贈りたい。どうか受け取ってほしい」

彼は画架から大きくQと描かれた紙を取り外し、僕に差し出した。

「受け取るよ。ありがとう、僕も嬉しい。僕はこんな素晴らしい贈り物を貰ったことがないよ」

僕はQの紙を受け取った。

「Q、君に一つ頼んでもいいかい」

「何だろう」

「君の絵を描きたい」

「幾らでも描くといいよ」

「たった一枚でいい。それが大事なんだ」

彼は僕を椅子に座らせ、絵を描いた。恐ろしく筆が速く、たった一時間で絵を完全に仕上げてしまった。

「出来た。ありがとう、Q。もう動いてもいいよ」

彼が出来上がった絵を見せる。てっきり僕は、絵の中でそれはもうぐちゃぐちゃに歪んだ自分が見られるとばかり思っていたが、彼の筆は忠実に僕の姿を描き写していた。

「なんだ、どこも歪んでないじゃないか」

「君は歪んで見えていない。だから絵は歪まない」

「それはよくあることなの？」

「あんまりないな」

僕は自分が描かれた肖像を見ながら彼に言った。

「なら僕は君にとって親しい存在ということになるけれど」

「そうなるね」

僕らは顔を見合わせて笑った。そのときチャイムが鳴った。

「もう行かなければ」

「随分長く居てしまったね」

「いや、そんなことはない、僕は君と逢えてよかったよ、Q」

彼が右手を差し出した。

「僕の方こそ、最初に話した生徒が君で本当によかった。えっと……」

「そうだ、名乗るのを忘れていたね。ごめん。僕の名前はアンドだ。&と呼んで欲しい」

「&、また逢おう。さようなら」

「うん、またね」

僕らは握手を交わし、別れの挨拶を済ませて、それぞれ中庭と校舎側、別々の扉から外に出て美術室を去った。僕は応接室に戻り、エヌディア夫妻と合流した。

「おかえりなさい、9。校内探検はどうだった？」

「ん？　その手に持っている画用紙はどうしたんだい？」

僕は紙を広げて二人に見せた。

「今日この瞬間から僕は9ではなく、Qです」

＆に与えられた名前がとても気に入った。僕は、その日から9ではなくQになった。＆に与えられた名前は今までの9よりも遥かに馴染み、自分がここにいるという実感をもたらした。家に辿り着くまでの間、ずっと＆から受け取ったQの絵を広げ、眺め続けていた。

〝Qは希望の象徴〟

＆は何に希望し、何に絶望するのか。彼が抜け出したい世界とは何なのか。今日初めて逢ったあの少年へのあらゆる疑問がこのQの絵に詰め込まれていた。僕はバスの中でダンに言った。

「僕はあの学校に行きます」

「そうか、それは良かった」

僕らの会話を隣で聞いていたディーナが尋ねた。

「それを決めたのは、もしかして絵をくれた人と関係があるの？」

「はい」

ディーナはダンの方を向いて嬉しそうに言った。

「やったわよ、あなた。Qは入学する前から大勢の中のただ一人を見つけたみたいだわ！今日はお祝いよ！」

ディーナはその日もご馳走を作った。エヌディア家では入学までの間、実に3度もの晩餐会が開かれることとなった。

翌月、僕は晴れて＆の通う学校に入学することになった。新学期の初日はホールに全校生徒が集まるらしい。僕は生徒の多さと彼らの喧騒とに圧倒されていた。これまで知っている最多の子供の集団は十人だけだった。少なくともこの学校にはその五十倍はいる。呆然と立ち尽くしていると、僕を呼びかける声があった。

「探したよ、Q。もしかしてこの学校には来ないことにしたのかと思っていたところだ」

「やあ、＆、元気だったか。こんなに人がたくさんいる中で僕のことがよく分かったな」

「他の生徒と違って、君だけは歪んで見えないからね。浮かび上がるように君の姿だけがくっきりと映る。そういえば、少し見ない内に髪が伸びたね。とても綺麗な黄金色をしている。この地方では滅多に見ない色だよ。それはまるで……」

僕は＆の先手を打った。

「稲穂みたい？」

＆はそれを聞いて微笑んだ。

「そう、まさにそう言おうとしたところだ。よく分かったね」

「そういう君の髪の色は夜のようだ、＆。月の光も届かない真っ暗な夜の色」

「それは褒められているのかな、貶《けな》されているのかな？」

「さあ、どっちだろうね」

僕らはホールまで歩き、並んで座った。集会が始まる。僕が先生方の諸注意を聞き流し、続く校長の長い挨拶を聞き流し、その後の来賓客による生徒たちへの激励を聞き流そうとしていたそのとき、&が僕に話し掛けてきた。

「あれが誰か分かるかい？」

&は壇上にいる髭を蓄えた壮年の男性を指差した。僕は入学するまでの間、それなりにこの街のことを学んでいたので、自信を持って答えた。

「それくらい分かるよ、&。彼は市長だ」

「いや、違うんだ、それが」

「何を言っているんだ？」

「彼がこの間言った僕のスポンサーだよ」

「市長が？」

僕は眉を嚬めて壇上を改めて見る。

「もっとも僕には彼の姿が見えないけれどね」

「そんなに歪んで見えるのか」

「酷い。彼が口を開くたび視界が歪んでいく。彼の言葉全てがまやかしだ。見ているだけで眩暈がする」

「そんなに酷いのが君のスポンサーでいいのか」

「僕には生活していく為にお金がいる。彼の援助がなければ僕はこの学校に通うことさえ出来ない。それに彼よりも、もっと歪みの酷い奴を僕は知っているから耐えられなくもないよ」

「そうか、お金は大事だ。天井が落ちてくるかもしれないからね」

「どういう意味だい？　それは」

困惑する&の笑い声を聞いた僕は、余計なことを言ったのではないかと少し恥ずかしくなった。こんな風に相手の表情を気にして人と話すのは、初めてのことだった。

「Q、君は部活動はどうするんだ。どこか決めているの？」

「いや、どこにも入る気はないよ。僕は多分、君以外の生徒たちに馴染めない。笑い声を聞けば分かるんだ。部活でもきっと彼らの邪魔になるだけだよ。僕はつい最近ね、人に迷惑を掛けないということを覚えたんだ」

僕が誇ったように言うと、&は穏やかに微笑した。

「じゃあ、放課後や暇なときは美術室に来るといい」

「君の邪魔にならない？」

「ならないさ」

その瞬間、ホールは万雷の拍手喝采に包まれた。市長は生徒たちに手を振りながら壇上から去って行く。僕はとうとう彼の話していたことを殆ど聞かずに終わった。

僕は&に別れを告げ、自分のクラスへと入った。担任はTだった。彼女が僕のことをクラスメイトに紹介する。一限目が始まるまでの間、多くの生徒が僕の周りに集まり、話し掛けてきた。軽く吐き気を覚えたが、どうにか愛想笑いでやり過ごした。

授業が始まると、吐き気はより強さを増した。他の生徒たちが熱心にノートを取る中、僕は出来るだけ教師たちの話を聞かないように必死だった。&の言う視界の歪みはこんな感じだろうか、それともこの比ではないのだろうか。そんなことをずっと思っていた。

四限目を終え、僕は逃げるように教室を後にした。クラスメイトが話し掛けてくるのが目に見えていたからだ。迷わず&のいる美術室へ向かった。

「やあ、来たね。いらっしゃい」

「すまない、&。邪魔をして」

「少しと言わず、好きなだけいればいい」

「授業というのはとんでもないな。あんなのを毎日受けなければならないなんて」

「君も僕と同じようにそのうち慣れるよ。要点だけかいつまんで聞き流すのが上手くなる」

「君のようにできるかな。先生だって、どうしてあんなに疲れさせる人なんだろう」

「彼らは僕たちを製品か何かだと思っているんじゃないか。昔はどうだったか知らないけれど、学校というのは人間の大量生産工場だ。工員である先生たちはマニュアル通り、同じ工程を繰り返す。僕らを火で熱し、溶かして型に入れてプレスすれば立派な人間が出来上がると思っている。君が今までいた学校はどうだったんだ？」

「僕は一度も学校に通ったことがないんだ」

「へぇ、それは面白い。なら、これまではどこに？」

「ここから街三つ離れた教会の孤児院にいた。僕はそこでみすぼらしい服と粗末な食事で、ただ働きをしていた」

「孤児院？」

「幼い僕は教会の前に捨てられていたんだ」

「そうだったのか。……両親を、彼らのことを今も恨むかい？」

「いや、まったく。三年前にそういう考えは捨てたよ」

「三年前、君に何があったか聞いてもいいだろうか」

「構わないよ。とても簡単なことだ。教会には僕を含め、十人の孤児がいた……」

僕はかいつまんであの夜のことを話した。

「その後、僕らは彼を教会裏の桜の樹に吊るし上げた。彼には何の罪もなかった。僕たちが彼に与えた不条理は、罪もないのに親に捨てられた自分たちが感じている不条理と同じだと理解した。僕らは、この世界の誰にも罪がなく、そもそも世界が残酷に作られていることを知ったんだ。僕はあの日、自分がこの残酷な世界の一部となったのを確かに感じた。それはとても清々しく快い気分だった」

「なるほど。それが君の始まりの日か」

「そうだ」

「なんとなく君が歪んで見えない理由が分かった。男の子はその後、どうなった？」

「分からない。ただ噂で引っ越したと聞いた。それ以外は何も知らない。その後、僕は理由《わけ》あってエヌディア夫妻に引き取られてこの街に来た。つい先月のことだ」

「そうか。その理由についても詳しく聞きたいけど……」

&は時計を指し示した。もう昼休みが終わる。

「Q、君は放課後は空いている？」

「何もないよ」

「じゃあ少しの間、待っていてほしい。今、描いている絵を仕上げるまで」

「分かった」

「また後で逢おう」

僕は午後の残りの授業を&が言っていた通り、上手く聞き流せるように練習した。ほんの少しコツを摑んだ気がした。

放課後、&が絵を描き終えるまで手持ち無沙汰な僕は校舎をうろついていた。なんとなく足の赴くままに歩き回って、校舎の最上階まで階段を上がった。窓からは中庭全体を見下ろすことが出来る。美術室のすぐ近くに腰掛けて絵を描いている小さな人影を見つけた。

それは&だった。

彼を眺めていると、二人の女生徒が隣の窓枠に寄りかかっておしゃべりを始めた。一人は長い髪を後ろで結っている。もう一人の髪は短く、首筋ほどまでしかない。

もう日は傾き始め、赤い光が地面を染め上げていた。中庭に植えられた針葉樹はその影を長く伸ばす。不意に髪の短い方の女生徒が遠く小さな人影を指差した。

「ねえ、L？　彼は何をしてるの？」

Lと呼ばれた髪の長い女生徒が素っ気無く答えた。

「見れば分かるでしょう。絵を描いてるのよ、S」

Sと呼ばれた髪の短い女生徒はその愛想のない答えに少し憤慨しているようだった。

「また私のことバカにして。そんなことは誰でも分かるわ」

Sが頬を膨らませる様子を見て、悪戯っぽくLは笑っていた。

「じゃあ、何が言いたいの？」

「彼、美術部員よね？」

「ええ、たった一人のね。どうして廃部にならないのかみんな、不思議がっているわ」

「七不思議ってやつね」

「それで貴方は何が聞きたかったの？」

「あの子、どうしてわざわざ中庭に出て椅子なんかを描いているの？　椅子の上に物が置いてあったり、人が座っていたりだとかならまだ分かるけれど……」

「いつもそうなのよ」

「前から知ってたの？」

「ええ……というか、彼のことをまったく知らないのは貴方くらいじゃないのかしら」

「やっぱり、みんな、あの謎が気になるのね」

「違うわよ、彼の貌をよく見なさい。そうすれば分かるから」

Sは深く中庭を覗き込む。

「よく見たけど、分からないわ」

「貴方ならそう言うと思ったわよ」

Lは半ば予想通り、半ば呆れたように呟いた。

「彼は貌が良くていつも注目の的なのよ」

Sは頭を抱えた。

「私、その手の話に全然ついていけないの。いつも部活で頭いっぱい。女の子としておかしいかしら？」

Sは不安げに友人に尋ねるが、Lは即答した。

「貴方はそれでいいのよ。我が部のエースなんだから」

「本当？」

「ええ、本当よ」

Sは安心して、満足げな表情になる。

「貌の良い男の子は他にもいるでしょう？　なんで彼はそんなに人気があるの？」

Lは肩をすくめる。

「他の男子生徒と違って、静かで落ち着いているせいかしら。彼、休み時間も放課後も誰ともつるまずにいつも一人でいるらしいわ」

「流石、詳しい」

「噂話で私の情報網に掛からないことなんてないのよ」

「いつも他校の戦力分析、感謝しているわ。我が部のデータベース」

Lは手を組んで、当然だというようにふんぞり返った。

「私は昔から気になったことは徹底的に調べないと気が済まないの」

Lは中庭の少年を見つめる。

「それは本当にもうよく知ってる」

「だから当然、私も彼について調べたわ」

「あ、やっぱり？　結局、彼は何で椅子ばかり描いているの？」

Lは首を横に振る。

「そもそも彼が描いているのは椅子じゃないのよ」

「え、違うの？　じゃあ何？」

「人よ」

「人？」

「椅子の上には何もないけれど、完成した絵にはちゃんと人が描かれているのよ」

「へぇ、そんなことが出来るなんてすごいね」

Ｓは感心する。

「でも描かれる人間はいつも決まって同じだと聞いたわ」

「それは誰なの？」

「分からない。ただ、金髪の幼い少年だそうよ。とても美しい絵で、この前、美術館でも展示されたけれど、貴方知らない？……知らないわよね」

「はい、まったく存じ上げておりません」

Ｓは堂々と言い、Ｌは話を続ける。

「彼は放課後、何も座っていない椅子と対面して必ず一時間、絵を描く。きっかり一時間で一枚の絵を完璧に仕上げてしまう」

「それってもしかしてすごい？」

「顧問の先生に尋ねてみたら、目を輝かせて言っていたわよ。『彼は天才だ』って。普通の生徒なら月に一枚、出来の良いのが仕上がればいいところを、彼はそのクオリティを遥かに超えたものを毎日描き続けている、と」

「そんなにたくさん描くなんてよっぽど絵が好きなんだねぇ」

「私もはじめはそう思ったわよ。でも、違うんですって」

「え？」

「実は私、こないだ、彼に話し掛けたのよ」

「えっ!? 何て言ったの？」

Sは L の方に身を寄せる。

「勿論、聞くことは一つしかないわよ。『一体誰を描いているの？』って」

「それで彼、何て答えた？」

Sは更に L の方に近寄った。Sの期待に反して L の表情は浮かない。彼女は溜め息を吐き、中庭で今も絵を描く彼を見つめて言った。

「『誰も何も描いてなんかいない』って」

二人の間に長い沈黙が流れた。先に静寂を破ったのはSだった。

「描いてるよねぇ……？」

「そうでしょう!? そうなのよ！ どう見ても描いてるのよ！ 意味が分からないわ！」

「ちょっと落ち着いて。珍しいね、L が怒るなんて」

L は S に言われて、一度大きく深呼吸した。

「別に怒ってないわよ」

女生徒二人のおしゃべりは続く。僕はポケットから紙片を取り出す。絵の中の瞳が僕を見つめている。

本当は、この学校に美術部員が彼しかいないと聞いたときから、いやそれよりも前、彼の瞳を覗き、声を聞いた瞬間から僕は気付いていた。彼に親しみを感じてしまっていたから、ずっと考えないようにしていた。

――あの「自画像」を描いたのは&だ。

これはもう逃げようも疑いようもない事実だった。何故、僕はあの絵に憎悪を感じたのだろう。何故、自分の絵が破り去られたというのに彼は笑ったのだろう。絵に描かれている金髪の幼い少年は誰なんだろう。どうして僕はこの紙片の瞳を捨てられないのだろう。

僕の胸中に渦巻く様々な疑問の答えの全てを握っているのは&だ。この紙片を彼に見せ、美術館での自らの行いを白状し、彼に尋ねれば全ての謎は解けるだろう。しかし、僕は出来なかった。恐ろしかった。それをしてしまうと何かが壊れる予感があった。僕は彼がくれたQという名前が好きだった。初めて他人を、&というあの少年のことを自分の友人だと思い始めていた。

「あ、美術室に戻っていくわ」

「どうやら出来上がったみたいね」

僕は女生徒たちの後ろを通り過ぎて階段を下りた。心に重い鉛のようなものを抱えたまま、僕は美術室へと向かった。&がどこまでも穏やかな声色で、僕を迎え入れる。

「やあ、Q。ちょうど今、描きあがったところだ。行こうか」

「ああ」

「どうしたんだ。どこか元気がないように見える」

「いや、何でもないよ」

そのとき、美術室の扉が音を立てて開いた。

「あら、エヌディア君?」

「T先生」

現れたのは担任のTだった。彼女はくすくす笑う。

「貴方たち、なかなか面白い組み合わせね。どうしてエヌディア君がここにいるの?」

&が静かに答えた。

「彼は僕の友人です」

「へえ、珍しいわね、貴方が他の誰かと一緒にいるなんて」

僕は&を見た。彼は自分に向けられた疑問の眼差しに気付いて答えた。

「T先生は美術部の顧問をしてくださっているんだ」

Tは迷わずまっすぐに、&のもとに歩み寄った。

「さて、&君。絵は完成したかしら」

「……はい」

答える&の声はいつもより弱々しく小さい。というより、Tが教室に入ってきた瞬間から彼は何かに怯えているようだった。

「これです、T先生」

&は白い布に丁寧に包まれた絵を差し出した。恐らく、あの中には「自画像」が入っている。

「良かった。この前のはどこかの誰かに破られてしまったものね」

Tは恍惚とした表情でその絵を受け取った。

「もう日が暮れるわ。二人とも早く帰りなさいね」

「はい、先生」

僕は&の指が幽かに震えているのを見た。

「&……君の」

「Q。帰ろう」

僕の言葉を遮り、&は荷物を纏め出した。目を合わせようとしない。彼が何も聞いてほしくないということが分かった。

僕たち二人は、学校を後にした。

もう夕陽は沈みかけている。僕たちは並んで歩いていたが、どちらとも口を開かなかった。&が何も話したがらない以上、僕は何も聞くことが出来ないし、&は何か思い詰めたようにただひたすら沈黙するのみだった。この空気を変えたいと思った。ポケットの中を探る。

——いっそのこと、これを見せれば、彼は何か話してくれるだろうか。

友人との気まずさは僕の思考を大胆にさせた。僕は意を決して&に話しかけようとした。

しかし、長い沈黙を破ったのは、まったく予期せぬ第三者だった。

雷鳴が轟いたかのように大きな音が街中に響き渡った。車道で何かが燃えている。

「事故だ！　オイルが漏れている！　皆、離れろ！」

周りの人々はその叫びを聞いた途端、悲鳴を上げながらまるで自分の身体に火が燃え移ったかのごとく一目散に逃げていった。&はなぜか火の手が上がる方向へと近付いていく。僕は彼の背を追った。

二台の衝突した車が煙を上げている。既に救急車と消防車が駆けつけていた。車から離れた歩道には人が横たわっている。腕をだらんと伸ばしピクリとも動かない。炎上している車の運転手なのだろう。彼は担架に乗せられて、救急隊員たちに運ばれていった。

&は鞄からノートと鉛筆を取り出し、手早くその様子をスケッチした。彼はやがて手を止めて俯き、首を振って呟いた。

「駄目だ。今、運ばれていった彼はもう助からない」

「どうして分かる？」

「彼の歪みが消えている」

「どういうこと？」

「死んでいる者は歪んで見えない」

僕はその言葉の意味について考えてから彼に尋ねた。

「……ということは生きている人よりも死んでいる人の方が君にとって親しみがある？」

&は消火された車から空高く立ち昇る煙を眺めて言った。

「きっと死んだ瞬間、その人が世界そのものになるからだろうね」

「でも、僕は生きているのに君に描かれても歪まなかった」

「それは君が少なくとも他の人より世界に近い存在だからだ。昼休みに言っていたじゃないか。『僕はあの日、自分がこの残酷な世界の一部となったのを確かに感じた』と」

&の目は救急車に運ばれていく運転手から離れない。

「世界を理解したければ世界そのものになるしかない。生死は問題じゃない。見てくれ、Q。今、彼はまさに世界になった。完成されたんだ。死を以って彼はこの世界を受け入れた」

&は運転手の髪の毛一本すらも、忠実に絵の中に再現しようとする。

『死んだ』と『死んでいる』には大きな違いがある。僕は『死んでいる』と言う方が正しいと思う。人は死に続ける。死は瞬間ではない。永遠だ」

&の言うことを呑み込み切れない僕を置き去りにして、&の言葉と手は留まるところを知らない。

「人間は言葉で世界を歪めてきた。世界の一部であることを拒んで、自分たちだけの現実を作り上げた。それはいずれ崩れる砂の城、欺瞞に満ちた代物だ。どうしようもなく人間は世界の一部だ。世界は美しい。僕たち人間が世界になるには、真の意味で世界そのものになるには、やはり死しかない。死は……」

&はそこで手を止めた。絵が完成された。

「死は美しい」

僕はまたポケットの紙片に指を触れた。

&にとって「自画像」とは何なのか。今、彼は死が美しいと言った。女生徒に「誰も何も描いてなんかいない」と答えたのはあの絵が死の象徴、この世界そのものに過ぎないからだ。僕はようやく気が付いた。

彼の絵には魔力とも言っていいような、見る人を虜《とりこ》にする不思議な魅力がある。&の「自画像」に取り憑かれた客たちは、彼の描く死と世界そのものに魅せられたのだ。しかし、僕はあの絵に憎悪を感じ、絵を破った。僕は拒んだんだ、死を。この世界そのものになることを。

思考が混乱し始める。このとき、初めて自分の信念が揺らぐ危機を感じた。馬鹿な、そんなはずはない。僕は神父が僕の頭蓋に杖を振り下ろしたときでさえも避けなかった。あのとき死を拒んでいなかったはずだ。もしかしたらあんな老人の一撃で自分が死ぬはずはないと、どこかで信じていたんじゃないか。

ダンと出逢ったあの日、病室で言った台詞を吐く自信が僕にはなかった。足元の地面がひび割れ、真っ逆さまに落ちていくような感覚に襲われる。

僕はこの混乱を打ち払うために、&の奥底をのぞかなければならないと思った。

「&、君は美しいものが好きか」

「好きだよ。人は自分の持っていないものほど手に入れたがるのだと思う。Q、君は僕があのとき話したことを覚えているかい」

「どのことだ？」

「市長よりも、もっと酷い歪みを持った奴がいるという話さ」

「覚えているよ」

「あれが誰のことだか分かるか？」

「いや……」

「今、君がその瞳に映している男さ」

&は嘲るように笑った。

「僕の瞳に映る僕はどうしようもなく歪んでいるんだ。僕は矛盾している。僕は偽りの現実が大嫌いなのに自分が誰より偽りに満ちているんだ。僕は醜い」

「そんなことはない」

「あるさ。君はまだ何も知らないんだ。僕は醜い。だからあの絵を描くことが出来た。誰もが美しいと賞賛して已まないあの絵を。僕は誰よりも美しさから遠いんだ。だからこそ僕にはそれがよく見える。その姿をありのまま忠実に描写することが出来る」

「何のことを言っているんだ？」

「君も美術館で見たんだろう。僕の描いた絵を」

「いや、君の絵を見てなんて……」

「そして引き裂き、破り捨てたんだ」

自分の心臓が音を立てて脈を打つのが分かった。一瞬、時が止まったような気がした。

&は確信を持って言っていた。もう誤魔化すことは出来ない。

「どうして僕だと分かった？」

「君は帽子を被っていたから大人たちに顔を見られることはなかった。でも君より背の低い子供ならどうだ？　あの場には母親に連れて来られた小さな女の子がいたんだ。君の顔を見たその子に話を聞きながら、似顔絵を作るのはたやすいことだった」

「じゃあ、初めて逢ったときから君は僕を知っていたのか」

「そうだよ。でもそれは君だって同じだ」

僕は何も言えなかった。

「絵を破った人間を咎めないように美術館に言ったのは僕だ。市長の権力を利用して、新聞に犯人の特徴を掲載しないよう仕組んだのは僕だ」

「何でそんなことを」

「自分自身の眼で君がどんな人間か確かめたかった。警察や目障りなものに介入されたくなかった」

&は目を逸らした。

「君といるのは楽しかった。だから結論を先延ばしにした」

「なんだ、君も僕と同じだったのか……」

僕は力なく笑った。喜んでいるのか、悲しんでいるのか自分でも分からなかった。&はそんな僕を、改めてまっすぐに見つめた。

「僕は毎日毎日、同じ絵を描き続けていた。納得行くまで、随分と時間が掛かった。その間、美術館から出品の依頼が来ていたけど、ずっと断り続けていた。そしてようやく、完成したんだ。あの絵の中に僕にとっての世界全てが表されていた。一切の狂いもない完璧な絵だったはずなんだ。でも……」

「僕が破った？」

「君一人だけが僕の絵を認めなかった。どうしてだ？　話をすればするほど君は僕と近しい存在だということが分かるのに、どうして僕の描くものを否定したんだ？」

僕は悩んだ末にありのまま思っている通り答えた。

「正直に言うと、自分でもはっきりとは分からない。ただあの絵を見たとき、どうしようもない憎悪に駆られた。僕は今、迷っている。自分をこの瞬間まで生かしてきた考えが、絵を破ったせいで揺らぎ始めているんだ」

それを聞いた&はこれまでになく愉快げに笑った。

「なるほど、君自身も理解していない訳か。ならもう一度、自画像をその目で見て確かめるといい。Tが自画像を保管している」

「絵を見て確かめて、どうなるっていうんだ」

「もし、君があの絵を破らなかったら、僕はようやく世界そのものになれるんだ。晴れて僕の仕事は終わり、自由になる」

「自由とはどういう意味だ」

「決まっているだろう。死だよ。もっとも美しいものだよ」

「君は死ぬつもりなのか」

「君がいなければ僕はもうとっくに自由を手にしていたはずなんだ」

&は鞄から青い液体の入った小さな瓶を取り出した。

「これが何だか分かるかい」

分かるはずがなかった。僕が考える間もなく&は答えた。

「毒だよ。飲めば、数分も経たずに僕は静かに眠るように息絶える」

これまで穏やかな輝きを湛《たた》えていた&の瞳は見開かれ、見るもの全てを射殺すような鋭さを纏っていた。

「『自画像』が美術館に展示されたあの日、僕はこれを飲んでこの歪んだ世界から解放されるつもりだった。でもそうなる前にTが血相を変えて僕に連絡してきた。『あなたの絵が破られた』とね。僕はそのとき、生まれて初めて腹の底から笑ったんだ。どれほど愉快だったか君に分かるかい」

「分からないよ、&」

「僕はようやく生き甲斐というものを見つけたんだ。ずっと死だけが僕にとっての希望だった。でも君にも破ることの出来ない絵を描きたくなった。初めて絵を描くことが楽しくなった。君と逢って初めて、僕は絵を描くことを心から楽しむようになった。今、僕を生かす衝動。それは君にすら破ることの出来ない完全な絵を描き、この世界を去りたいという強い願いだ」

「君の死を止めることはできないのか」

＆は僕の言葉を無視して続けた。

「勝負をしよう、Q。僕は絵を描く。君は絵を破る。これを繰り返せばあの絵は真に素晴らしいものとなる」

「僕はそんな勝負なんてしたくない。君に死んでほしくなんかない」

「なら尚更だ。君はこの勝負から逃れられない。僕の死を延長するには君が絵を破り続けるしかないんだよ」

「本当にそれしかないのか」

「僕はそれ以外、何も望まない」

＆はそう言って僕の前に立ちはだかる。決して目を逸らさず、瞬き一つすらもしない。

僕は彼の用意した舞台に上がる他ないと覚悟した。

「分かった。君の提案を受け入れよう。ただし条件がある」

「何だい？」

「その小瓶は僕が預かる。もし、僕が絵を破れなかった暁には大人しく君に渡そう」

「……いいだろう」

＆は僕に小瓶を手渡した。

「さよなら、Q、今日がきっと僕にとって最後の夜になる」

「そんなことはさせるものか。明日もその次の日も君は僕と逢う」

日が完全に落ちた。周囲は薄い暗闇に包まれ、蝙蝠《こうもり》が飛び交い始めた。

「&、僕は大事なことを聞いていない。なぜそこまで君は死に惹きつけられるんだ？」

「話したくない。知りたければTに聞いてくれ。まあ、彼女が話すかどうか分からないけどね」

「Tが？」

「じゃあね、Q」

&は僕に別れを告げ、去っていった。彼の後ろ姿を見送りながら、もう後には退けないのだと悟った。


途方に暮れながら帰路に就く。

「おかえり」

「おかえりなさい、Q」

「ただいま、ダン、ディーナ」

いつも通り迎えてくれるエヌディア夫妻の温もりも、遥か遠くに感じる。頭は&のことでいっぱいで、全てが上の空だった。帰宅後、彼らと何を話したのかすら覚えていない。気付いたときには、誰もが寝静まる真夜中になっていた。僕ただ一人だけが眠りに就くことが出来ず、テーブルの上に蠟燭《ろうそく》を灯し、ただ静かに考えていた。

「僕はどうしたらいい」

そう呟いた時、幽かに床が軋む音がした。

「どうしたの、Q。そんな浮かない顔をして」

「ディーナ……」

階段を下りて現れたのは、ディーナだった。

「眠れないのなら、ホットミルクでもいれましょうか？」

「いえ、大丈夫です。ごめんなさい、起こしてしまって」

「あら、私はずっと起きていたわ」

「え？」

「帰ってから誰かさんがずっと浮かない顔をしているから気になってね」

ディーナは何でもお見通しだと言いたそうに、得意げな表情で笑った。

「何も話したくないなら、それでいいの。でも、何か気になることがあるのなら、教えてくれると私はとても嬉しいわ」

普段ならば、愛想笑いをして、誤魔化したのかもしれない。このときばかりは、本当に心から悩んでいた。殆ど洩れ出すように口から言葉が零れた。

「友人から別れを告げられたとき、どうすればいいのでしょうか」

「ふふふ……」

「どうして笑うのですか、ディーナ。何が可笑しいのです」

「違うのよ。嬉しくなっただけなの。貴方もそういうことで悩むんだと思って」

ディーナはまるで少女のように笑っていた。

「友人との別れは辛いものだわ。それに悩んでいるということは、貴方はまだその子とお友達でいたいのよね？」

僕はその問い掛けに頷いた。

「賢い貴方が打つ手なしなんて、相手はよほど手強い子のように思えるわ。違う？」

「僕の友人は強敵です」

それを聞いたディーナはまた愉快げに笑った。

「別れを告げるのは勇気のいることよ。私はその子を尊敬するわ」

「尊敬？」

「ええ、小さな頃のことを思い出したのよ。私の身体が弱いのは知っているでしょう？貴方のお見舞いにも行けなかったじゃない。昔から肺が弱くて、入退院を繰り返すような幼少期を過ごしていたわ」

彼女の過去について聞くのは、初めてだった。

「病院で仲良くなった子がいたのよ。彼女はくりくりした大きな目をして、いつも帽子を被っていた。白血病だったの。だけど、病気のことを何も知らない幼い私の目には、他の誰とも変わらない元気で可愛らしい女の子に映っていた。彼女と病棟を回って、いろんな悪戯をして遊んだわ」

「炭酸飲料を知らない人に、ジンジャーエールを飲ませたりとか？」

「ふふ、そうね。あんな感じよ。私の性格は昔から変わってないみたい」

「その白血病の彼女がディーナに別れを告げたのですか？」

ディーナは哀しげな微笑を浮かべて首を横に振る。

「いいえ。仲の良い看護師さんがこっそり教えてくれたのよ。もう彼女にあまり時間が残されていないってことを。お別れをした方がいいってアドバイスを添えてね。でも、私は信じなかった。だってあんなに元気でいつも一緒に笑っていたのだから。私はそのとき、退院を控えていたわ。彼女の方がお祝いに来てくれた」

「二人は何を話したのですか？」

「いつも通りの他愛ない話よ。新しい悪戯の計画とか、今度の研修医はそこそこ格好いいとか、そんなこと。また明日も逢う友達みたいな会話。別れの話なんて一つも出なかった」

そのとき、テーブルの上で蠟燭の火が揺らいだ。蠟が溶けて崩れかかっていた。

「幼い私には勇気がなかったわ。かけがえのない友人が亡くなるという大切な真実を認める勇気が。私たちは最後に『また逢いましょう』と言った。退院してすぐにお見舞いに行くと約束した私は、彼女を病院に残し、家へと戻った。それが彼女と交わした最後の言葉になったのよ」

ついに蠟燭の火は燃え尽きて消えた。

「一週間後、彼女は亡くなったの」

ディーナは目を閉じ、深く過去の海の中へと潜った。僕はただ静かに彼女が記憶の旅から帰るのを待った。

「貴方の友人だもの。そのお友達もまた聡明な子だと信じているわ。何の考えもなく、Qに別れを告げた訳ではないでしょう？」

「その通りです」

「私には特別なことは言えないわ。出来ることがあるとすれば、貴方が私と同じ後悔を味わうことのないように、祈りを込めて言葉を贈るだけよ」

ディーナは暗闇の中、僕の手にそっと自分の手を重ねて言った。

「Q、どうか真実に眼を開く勇気を。まっすぐな眼差しを向けることを恐れないで頂戴」

暗闇で殆ど何も見えない。でも、ディーナが僕の目をはっきりと見つめて語り掛けていることが何故かよく分かった。

「ディーナ、ありがとう」

「少しはお役に立ったかしら」

「ええ、とても」

「それなら、もう私には気になることはないわ。おやすみなさい、Q」

「おやすみなさい」

ディーナは自分の部屋へと戻って行った。手の中にディーナの体温がまだ僅かに残っている。温もりが確かにここにある。それがなくならないように、僕は強く拳を握り締めた。

「真実に眼を開く勇気を」

僕はポケットの中から紙片を取り出した。幼い金髪の少年の瞳をまっすぐに見据える。祈りを捧げるようにもう一度、僕は心を込めて言った。

「真実に眼を開く勇気を」

もう何も恐れてなどいなかった。


ノートは殆ど終盤に差し掛かろうとしている。

「『&は翌日……』」

そこで突然、Kは黙り込んでしまった。

「警部、どうされましたか？」

声を掛けても、Kは押し黙ったままだった。Gは困ったように首を傾げて、外の風景に目を遣った。

「もう日が落ちてきましたね」

道路を駆けるあらゆる車が夕陽の色に染め上げられている。太陽はゆっくりと傾き、大地をほんの少しずつ暗闇のカーテンで覆う。日輪が地平線の向こう側に消えゆくまさにそのとき、ようやくKが口を開いた。

「ここで物語を終えることも一つの勇気だと思う」

それを聞いたGは軽やかに笑った。

「どうしたんですか。警部らしくもない」

Kはそれに応えなかった。

「罪人は己の悪を祓《はら》う為に裁かれるべきだ。断罪とは愚かなる我々を救う為にあるのだ」

Kは殆ど独り言のように呟いたが、Gは長年の付き合いからその意味を理解した。

「Aを罪人として裁くことには何の救いもないと？」

「この先に進めば、我々は選ばなくてはならなくなる。今ならばまだ、単に法を犯した異常者に罪を問う一介の警察官でいられる」

「もし、全てを知れば？」

「問われるのは私たちの方になるだろう」

「それは……職務を超え、一人の人間としてこの物語と向き合う覚悟があるかどうかという話でしょうか？」

瞼を閉じ、Kは沈黙した。その沈黙こそが肯定に他ならないとGはよく知っていた。

「警部は私が真実を知れば思い悩むと心配しておられるのでしょう？　私は警部となら、自分を見失わないと信じていますから」

目を開いたKは、じっとGの横顔を見つめた。そして、力が抜けたように笑った。

「君は本当にいい男だなぁ」

「知ってますよ」

二人は穏やかに笑った。Kはノートをもう一度しっかりと開き、読み始める。物語の最後の幕が開かれた。


&は翌日、学校に来なかった。僕は彼の言った通り、絵を保管しているTを訪ねた。Tは自分のデスクで手紙を整理していた。

「T先生」

「あら、エヌディア君、何か用かしら」

「今日、&は休みなんですね」

「そうみたいね。貴方たちは本当に仲が良くてびっくりするわ」

「そんなに驚くことですか」

「&が人とあれほど関わるところなんて今まで見たことがないもの。よっぽど貴方のことが気に入ったんだと思うわ」

「随分と前から先生は&のことを知っているんですね」

「ええ、そうよ。&は私の弟だもの」

「え？」

「血は繋がっていないけどね。彼から聞いていなかったかしら？」

「そんなことはまったく……」

「きっと、言いたくなかったんでしょうね。あまり面白い話でもないし」

「&は自分のことを知りたければ、T先生に尋ねろと僕に言いました」

「あの子が確かにそう言ったのね」

「はい」

「何が聞きたいのかしら？」

「あの絵についてです」

「あの絵とはどの絵のことかしら」

「『自画像』です」

Tはそこで初めてペンを動かす手を止めた。

「どうして『自画像』のことを知りたいの？」

僕はポケットから紙片を取り出した。

「これは……」

「あの日、美術館で＆の絵を引き裂いたのは僕です」

「そう、貴方が……」

「怒らないのですか」

「美術館から連絡を受けたときは、もう怒り狂ったわ。けれど今は違う。むしろ貴方に感謝しているくらいよ。どうしてかあの絵を破られてから＆は活き活きし出した。次に彼が新しく描いた絵は完璧だったわ。仕上げをする前に一度見たけれど、震えるような出来だった。まだあの絵は開封していないの。次の美術展までの楽しみにしようかと思って」

Tは部屋の隅に置かれた白い布の塊に焦がれるような視線を向けた。

「何故題名が『自画像』なんですか。あの中に描かれている金髪の幼い少年は、＆とは似ても似つかない」

「そうね。＆は美しい黒髪だもの」

「あの少年は誰なんですか？」

「あの絵に描かれているのは彼自身ではなく、彼がこの十五年を懸けて演じ続けている人間なのよ」

「演じる？」

「エヌディア君、本当に聞きたいの？　この先はもう引き返せないわよ？」

「どうしても知らなくてはいけないんです」

Tは疑いの目で僕を見た。

「本当かしら。呪われた者の心に触れるには同じように呪われるしかないのよ。貴方に、&の奥底に渦巻く歪んだ世界に潜る覚悟とその器があるのかどうか」

Tはそんな風に言葉で心の壁をつくった。僕はここで諦める訳にはいかなかった。一つ一つ言葉の釘を打ち込んで、彼女の壁を登った。

「今更、呪いの一つや二つ増えたところで僕には何の重荷でもありません」

「真実を知った貴方が&から離れていくのを、軽蔑すればいいのかしら」

嘲笑するような眼差を向ける彼女に、僕は出来る限り静かに語りかける。

「何があっても&のことを受け入れるつもりです。そして、T先生のことも」

「私のこともですって？」

Tの瞳が揺れた気がした。

「貴方も&と深く関わる人だから。僕は彼を失いたくない。ただそれだけです」

長い間、Tと見つめ合っていた。ゆっくりと目を伏せた後、Tは語り出した。

「私たち家族の過去について教えてあげるわ。何から話したらいいのかしら。そうだわ。

私の父親が誰か分かる？」

「何故、そんな話を？」

「いいから質問に答えて頂戴」

「分かりません」

「&がスポンサーと呼んでいる男よ」

「市長？」

「正解。私は市長の娘なの。この学校で知っているのは校長だけよ。もっとも、あの男を心から父親だと思ったことなど一度もないけれど」

「歪んでいるから？」

「私が&のような眼を持っていればそう表現したでしょうね。あの男は、権力と欲望の傀儡《かいらい》に成り果て何もかもが偽りに満ちている。芸術に興味なんて一欠片《ひとかけら》も持っていないけれど、人脈には興味がある。だから金だけは出してくれるの」

「待って下さい。あなたの言う通りならば、&の親もまた市長だということになる」

「あの男には愛人がいたの。&はその愛人との間に生まれた子供よ。父は隠し子のことが明るみに出て、自分の立場が危うくなることを恐れた。だから&を殺したのよ」

「え？」

「だから&を殺したのよ」

「意味が分かりません」

「厳密に言うなら、&なんて人間はもうとっくにこの世に存在しない。彼は十五年前死んだわ。私の父親が殺したのよ。どうやって処分したのかは知らないけど」

「じゃあ僕が知っている&は誰なんですか」

「その愛人がどこかから攫《さら》ってきた赤子よ」

「攫った？」

「父は彼女に黙って赤子を捨てた。彼女は一人でも育てるつもりだったからそれを聞いて発狂したの。そして自分の子供を捜し求めて街を徘徊し、どこの誰だか分からない子供を連れて帰って来た。彼女はその名もない子供を育てると言って聞かず、父は当然激昂して、子供を元の場所へ戻そうとしたけど、その時にはもう警察が出動する事態にまで発展していた。全てが露呈すれば、父は築き上げた楽園から追放される。彼は已むを得ず、子供の戸籍を偽造して愛人ごと世間から隠すことにした。その子供は幼少期を発狂した母親と二人きり、ほとんど幽閉とも言ってもいい環境で過ごしてきたの」

「そんな狂った話をどうして貴方は淡々と語れるのですか」

「自分が壊れない為よ」

彼女は一言そう吐き捨てた。

「私は市長から時折、その偽りの親子の様子を見に行くように命令された。&という名前は愛人が自分の本当の子供に付けた名前。人と人とを繋ぐように、という意味を込めたらしいわ。攫われてきた偽者の&はどこまでも硝子のように透き通った美しい少年に育っていった」

Ｔは濁ったような目をしてなおも語る。

「私はその頃、まだ学生で自立するだけの経済力がなかったから、忌々しい父親から距離を置くことが出来なかった。彼は機嫌が悪いと私に乱暴をした。血が出るまで殴り、蹴り、そして私の身体に……私の身体に……」

彼女は身体を押さえ、震え出した。

「私は逆らうことが出来なかった。怒りより恐怖に支配されていた。正直、今でもそうよ。目に見えない邪悪な鎖で、あの男に繋がれているの。穢され、虚ろになっていた私は愛を求めていた。もっと美しい清らかな何かを。そして、私の傍には&がいた。だから私は&を……」

「&を？」

僕が問うたとき、Ｔは記憶の中から引き戻され、我に返った。手を口に当て、溢れ出る言葉を塞ごうとした。しかし、もう遅かった。僕が、Ｔと&の間に何が起きたかを理解するには、さっきの言葉で十分に足りていた。

「貴方はまだ幼い&を穢したんだ。市長が自分にしたように。だから&は貴方に怯えていたんだ」

　Tはわなわなと震え始めた。先程まで蒼ざめていた彼女の表情がみるみる赤く染まっていく。

「ええ、そうよ。自分より弱くて清らかなものに穢れを押し付ける以外に、私は日々を生き抜く術《すべ》を知らなかった。もしもそうしなかったら、私は死んでいたわ。私は何も悪くない。誰の助けもなくどれ程の責め苦を受けて、今日まで私が生き延びてきたのか一つも知らないくせに。貴方に私を責める権利なんてこれっぽっちもないわ」

　Tは早口になり、興奮していた。

「落ち着いてください、先生。僕は責めてはいません。ただ真実が知りたいだけなのです。それから何が起きたのか話してください」

「父は私の母を捨て、若い女と結婚した。元々、名家の生まれだった母の権力を利用したかっただけなのよ。あの男は私の母を愛してなどいなかった。今は若い妻と仲睦まじい家庭を築いて、その女が産んだ赤子を可愛がっているらしいわ。一家もろとも八つ裂きにして肉片を犬にでも喰わせてやりたいわね」

「僕が聞きたいのは市長のその後じゃない。&のことです」

「&は自分が本物の&だと信じ込もうとした。母親は自分の思い描く理想の息子と現実の&の間に少しでも差異があることを許さなかった。すぐにヒステリーを起こして&を殴ったわ。&は彼女の人形だったのよ。&はその期待に応え続けた。自分を偽って演じ続けた。その頃からかしら、彼が絵を描くようになったのは。私にはすぐ彼の恐るべき才能が分かったわ」

「彼は今もその偽りの母親と暮らしているのですか」

「そうよ」

「彼は絵を描くことを自分の仕事だと言っていました」

「仕事というより使命ね。あの子は天才よ」

「その仕事が済んだら自分は自由になる。死ぬのだと言っていました」

「そうでしょうね。絵を見れば分かるわ」

「貴方は止めようとは思わないのですか」

「彼がそれを望むなら私には何も出来ない。&は死ぬかもしれない。でも、あの子が描いた絵はきっと後世に残るものになる。どうしようもない運命の中に堕《お》とされた私が生きていくのを支えてくれたのはあの子の絵だわ。&の素晴らしい絵は私を救ってくれるの。『自画像』を見るときの幸福。あれだけが私の光よ。私は、『自画像』を完成させる為に&は生まれてきたと信じているの。そして私もまた、それを助け、導く為に生まれた。きっと、そうなのよ。そうでなければいけないわ。私はそう信じることで、今日まで生き延びてきたのよ。私はあの子の絵を心から愛しているわ」

僕はもうこれ以上、Tの話を聞く気にはなれなかった。

「もう結構です。『自画像』を見せてください」

「見てどうする気なの」

「決まっているでしょう、破るんですよ」

その言葉を聞いたTは目を吊り上げ、激しい威嚇の表情を見せた。

「そんなこと絶対にさせないわ」

「何故、拒むんです。恐れることはないでしょう、彼の絵が完全だと言うならば、僕にはそれを破れないはずだ」

「いいえ、貴方は例外よ、キュー・エヌディア。初めて貴方が9と名乗った時、この少年はいつか私によからぬものをもたらす、そんな予感がした。今、それが確信に変わったわ」

「僕は&と約束した。これは彼との勝負です。僕がもう一度彼の絵を破ることが出来たら彼は死ななくて済むんだ。僕は彼に死んでほしくない。見てください。これは彼が持っていた毒です。僕が絵を破らなければ彼はこれを飲んで」

「毒？　よく見せて。違う、これはただの絵の具だわ」

僕は信じられない思いで、否定しようとした。

「絵の具？　そんな馬鹿な。彼の眼は本気だった。これが冗談なんかのはずない」

そのとき部屋の扉が開いた。教頭が血相を変えて入ってくる。

「どうされましたか、教頭先生」

「T先生。緊急の案件です。急いで職員室まで」

「何があったんですか？」

「貴方が顧問をされている美術部員が自殺を試みました」

「そんな……」

僕はTが動揺した隙を突いて自画像に手を伸ばした。

「ちょっと、やめなさい！」

僕は彼女の警告を無視して迷わず白い布を解いた。

「やっぱり」

「何よ、それは。何故『自画像』じゃないの？」

そこにあったのは初めて僕らが逢った日、彼が描いた僕の肖像画だった。肖像画の裏に一枚の封筒が挟まっていた。前面には地図が描かれ、裏面には「Ｄｅａｒ Ｑ」とあった。

「&からの手紙だ」

僕は部屋を出て走り出した。

「貴方、一体どういうつもり？ ねえ、待ちなさい、エヌディア君！ 待ちなさい！」

僕は校門を抜け、街を駆ける。地図に従って進み続けた。やがて、大きな邸宅の立ち並ぶ住宅街に出た。僕は走りながら、&の手紙を開いた。

親愛なるQへ

Q、僕だ。君はもうTから僕の話を聞いただろうか。念の為に説明しておく。結局、&というのは僕の名前じゃないんだ。僕には名前がない。僕は幼い頃、狭い閉ざされた部屋で一人の女性とずっと暮らしていた。彼女のことを母親だと思っていた。ときどき様子を見に来ては食材や生活用品を置いていく人のことを姉だと信じていた。でも彼女に犯されたとき、どうやらそうではないらしいと気付いた。そのときからだ。世界が歪んで見えるようになったのは。

僕はいつも&という、まったく別の人間を演じている。&は僕の母だと名乗る女性の中にしか存在しない人間だ。&はもうとっくに市長に捨てられて死んだらしいけれど、僕の母はそのことを受け入れられない。僕が&でなくてはならないんだ。僕は&であることを強いられ、そのように教育された。僕はそこから逃れることが出来ない。前に子供を溶かして型に入れてプレスすれば立派な人間が出来上がるなんて喩《たと》えを君に話したよね。僕は&という型に入れられ、それ以来、一切を封じられた。結局のところ、僕はとうとう&になりきることが叶わなかった。

最後に君にいくつか嘘を吐いてしまった。ひとつは絵の具を毒だと言ったこと、もうひとつは二枚目の「自画像」なんてないということ。どうして題名が「自画像」なのかをちゃんと話しておこうと思う。君に初めて逢ったとき、『僕は昔から変な物が見えたり、或いは物が変に見えたりしたんだ』と言ったのを憶えているかい。僕は物が変に見えることを説明はしたけど、「変な物」については何も言わなかった。答えを言ってしまうと、あの「自画像」に描かれた幼い金髪の少年がそれに当たるんだ。僕には彼がいつも実際にいるように見えている。母から&について聞かされ、その通り振舞うことを強いられる内に彼は姿を現すようになった。彼は僕の想像する本当の&だ。だから彼を描くとき題名は必ず「自画像」にした。僕はずっと彼になりたかったんだよ。

君と出会ってから、本当に楽しかった。君が絵を破ってくれたお陰だ。正直に言うと僕は嬉しかったんだ。あの絵は完璧だった。でもあの絵の中には僕の居場所などひとつもなかった。絵が賞賛されればされるほど、僕は孤独になっていく。だから、絵が破られたと聞いたとき、僕がどれだけ驚いたか分かるかい。なんて勇気のある人なのだと思った。僕はただただ絶望して死に焦がれるばかりで世界に怒りを向けるなんて思いもよらなかった。

僕は君に勇気を貰ったから、最後にささやかな復讐をしてこの劇の幕を閉じようと思う。君は生きろ、と言うだろうけど、僕はもう限界だ。ずっと耐えてきたんだ。もう楽になったっていいだろう？　僕はこの歪みから解き放たれたいんだ。

君に向けてこの手紙を書く理由はほかでもない。僕の復讐の手伝いをしてほしい。君にしか頼めない。なに、大したことじゃない。地図にある僕の家に行って、ただ一言、僕の母に『&は死んだ』とそれだけ言ってくれればいい。ずっと僕が言えなかった言葉だ。それだけで母が築き上げた脆い硝子細工のような偽りの世界は、粉々に砕け散って消えるだろう。

「現実」は彼女にとって絶望そのもの。彼女は愛する息子を失った被害者だ。でもいつまでも被害者のつもりでいると、いつの間にか人は加害者になってしまう。もう僕は彼女に同情は出来ない。君は事実を言うだけだ。何の問題もない。鍵は同封してある。

僕の方もやることは決まっている。市長の家で、君に渡さなかった正真正銘の毒を飲んで死んでやりたいと思う。この件が表沙汰になれば彼は破滅だ。彼はいつものように事件を揉み消そうとするだろう。もしかしたら、遂に母さえも手にかけるかもしれない。だが、警察や報道が彼に丸め込まれる可能性は五分だと僕は見ている。この確率に賭けてみたい。

あの肖像画は君に捧げよう。貰ってくれると嬉しい。未だに上手く説明出来ないんだ。どうして君は僕の視界で歪まないのか。歪まないのは僕の想像の中の&以外には君だけだ。何故だろう。

最後にもう一度君に感謝を。君は僕の人生をほんのちょっぴり延長した。

その間にもたらされたものは唯一、名前のない僕が生きている間に自分の持ち物として抱くことが許された時間だった気がする。ありがとう、Q。さようなら。

名前のない君の親友より

地図を辿って走った。ひたすらに走った。手紙を読みながら僕は呟いていた。

「&、違う……君には名前がある……きっと、僕は君の名前を知っている……今ならまだ間に合うはずなんだ……」

息が切れ、僕はひどく咳き込んだ。これまでの日々が、記憶の中の言葉一つ一つが線となって結ばれていく。

ダンが言った。

――私たちの幼く可愛い息子は何者かに誘拐されたんだ。

Tが言った。

――愛人がどこかの夫妻から攫ってきた赤子よ。

彼の名前は？

――エデン。エデン・エヌディア。今年で十五歳。ちょうど君と同じ歳になる。

そう、彼は。僕の胸の内側から言葉が溢れ、迸《ほとばし》った。

「&……いや、エデン。君は愛されていたよ。ずっとエヌディア夫妻は君のことを待ち続けていたよ。幾ら捜しても見つからない訳だ。市長が揉み消していただなんて思いもよらなかった。僕はこの一ヶ月、君が過ごすべき幸福な家庭で暮らしていたよ。僕は君がいるべき場所を奪ってしまっていたんだよ、&、エデン。君がいないと僕は寂しい。寂しいんだ」

地図は小さなコンクリートの建物を示していた。正面の門は閉じていたが、僕は迷わずそれを飛び越え、表札のないその家のドアノブを回した。薄暗い廊下をまっすぐに進んでいく。

「誰？」

廊下の奥にある小さな部屋の中で、棒のように痩せ細った女性が見えた。顔が隠れるくらい長く黄金の髪を伸ばし、安楽椅子に座って毛布に包まれた人形を優しく撫でている。

「貴方の息子さんの友人です」

「&のお友達？　あら、よく来てくださったわ」

そう言って笑う彼女の瞳は焦点が合わず、虚無に満ちていた。

「貴方に伝えたいことがあって来ました」

「何かしら」

「&は死にました」

「今、何と仰って？」

「&は死んだんです」

彼女は髪を揺らし首を横に振った。

「そんな訳ないわ。だって&は今ここにいるもの。ほら、見て。私の腕の中でぐっすり眠っている。可愛いでしょう？」

彼女は自分の腕の中の頭が外れかけた人形を嬉しそうに僕に見せた。

「それは&ではありません」

「いいえ、&よ。この毛布じゃなきゃ、いつも愚図るの。もうボロボロなのにこれじゃないと駄目なのよ」

「毛布？」

人形を包む小さな毛布をよく見た。色、柄、糸の解《ほつ》れ具合。僕は間違いなくそれを知っていた。あの日、教会で燃やした想い出の品と同じものだった。

僕はこのとき、恐ろしい疑問に辿り着いた。

「&は市長に捨てられたんですよね？」

虚ろな眼差しで現実を拒む彼女の意識をどうにか手繰り寄せようと、僕はより強く問いかける。

「そんな恐ろしいことはなかったわ」

また彼女は髪を揺らす。僕はずっと気になってしょうがなかった。

「貴方の長い髪、美しい黄金色をしている。この地方では見かけない色だそうですね」

初めて彼女は僕の姿に気付いたように驚いて言った。

「あら、貴方も私と同じ色じゃない。嬉しいわ、こんなところで同郷の方とお逢いするなんて」

僕は間抜けな彼女の言葉に身体中の力を失い、呆然と立ち尽くした。頭はもう答えを導き出していたが、心はそれを強く拒んでいた。既に僕は嘔吐しそうになっていたが、どうにか堪える。

「こんな偶然があるものですか。&はずっと僕から離れず傍にいた。いつも、ここにいたんだ」

僕はそう言って、自分の胸に手を当てた。

「そうよ、今までずっと、私の腕の中に抱かれていたんだもの」

「違う。&は教会に捨てられたんだ。決して死んでなどいなかった。何故ならまさに今生きて、ここにいるのだから」

「&を捨てるなんて訳の分からないことを言うのはやめて頂戴」

「同じ髪の色、同じ毛布。今、目の前に貴方が失った息子がいるのです。そのことが分からないのですか」

彼女はきょとんとした表情で僕の顔をじっと見て呟いた。

「貴方なんか知らないわ、私」

僕は自分の心がひしゃげて潰れる音を聞いた。記憶の扉が開く。かつての考えが頭を過《よ》ぎった。欲しいものはそれが必要なくなったとき、或いは諦めたときに不意に訪れる。解れた小さな毛布、黄金色の髪の女性。紛れもなく彼女は僕の母親だった。一瞬にして時間が巻き戻る。毛布を抱き、再会を願った幼い日の記憶が蘇っては虚しく死んでゆく。視界が一瞬、歪むのを感じる。僕はそのとき初めて、&の気持ちを理解した気になった。

「いや、違うな、&は僕なのか……」

僕は市長によって教会に捨てられ、エヌディア夫妻に引き取られた。エデンは母に攫われ、僕の代わりとして育てられた。僕らはお互いのいるべき場所を交換し合っていた。&の視界で唯一、僕一人だけが歪まなかったのは、僕が&だったからだ。

「エヌディア君！」

そのとき、Tが僕を追って家の中に飛び込んできた。

「その人に何もしていないでしょうね」

「『何か』をされたのは僕の方でしたよ、お姉さん」

僕は力なく笑った。Tは困惑している。

「何故、私のことを姉と呼ぶの」

「&とQの間には何の差異もないからですよ」

皮肉を込めて、Tを姉と口に出して呼ぶ。でも気分は何も良くならなかった。ただこのふざけた現実の空虚さと僕自身のどうしようもない間抜けさが浮き彫りになっていくだけだった。

「……訳が分からないわ」

混乱の渦に呑み込まれそうになり、僕は必死にもがいた。自分はQか、それとも&か？　親友と母親、どちらを選ぶのか？　今の僕にとって本当に大切なものが何かなんて最初から分かりきっていることだった。

「T、市長の家を教えてください」

「どうして？」

「&が、彼がそこにいるからです。この手紙を見てください。彼は市長の前で死ぬつもりです。今なら間に合うかもしれない。僕を市長の家へ連れて行ってください」

「もし、この事件が明るみに出れば貴方だってただでは済まないはずだ」

「でもそれは……」

「……いいでしょう。車に乗って」

頷いてその場を去ろうとした僕に母が人形を見せてくる。

「ねえ、貴方。また&に会いに来てあげてね」

僕はただ自分の気持ちをそのまま口にした。

「必ず会いに行きます」

Tの車で僕は市長の家へと向かった。道は空いていて十分も掛からなかった。市長の豪邸は、巨大な要塞のように見えた。門は開き、ドアは開けっ放しになっていた。僕らは考える間もなく市長の家に踏み込んだ。廊下にはトロフィーや盾が無数に飾られていた。

僕とTは個人の邸宅とは思えぬ程、長い長い廊下を抜けた。その先に僕らが見たのは、恐怖と混乱とで身体を震わせ床に座り込む市長の若い妻と、彼女の腕の中で泣き喚く赤子。そして床に大きな穴を空け、スコップで黙々と地面を掘る市長の姿だった。

穴のそばには彼がいた。ついさっきまで&だったそれは床に横たわり、もう動かない。遅かった。間に合わなかった。倒れている&を見た瞬間、胸を刺すような痛みが貫き、目の前が真っ白になった。膝から力が抜け、崩れ落ちそうになるのを必死で支えた。落胆と失意の中で意識が遠のこうかというとき、ようやく穴掘りに夢中になっていた市長がこちらに気付いた。

「T、Tじゃないか！　よく来てくれた。……そちらの少年は誰だ？」

&の姿から目を離すことが出来ず黙り込んだままの僕に代わって、Tが答えた。

「うちの学校の生徒です」

市長は僕をしげしげと眺めた後、頷いた。

「そうか、二人とも手伝いなさい。これを見たまえ」

市長は足元に横たわる&を足で示し、落ち着いた声で喋り始めた。

——苦い。

その声を聞いた瞬間から僕の舌は痺れ、身体の内側から憎悪の炎が揺らぎ始めるのを感じた。

「この子は私の家に勝手に上がり込んだ挙句、毒を飲み干して死んだのだ。大人しくあの訳の分からぬ絵だけ描いていればよかったものを。まったく憐れな子だ」

市長が口を開くたび、苦味はより強く僕の内側を蝕んでいく。どうして舌がこんなに痺れるのかは考えるまでもなかった。

「学校に連絡したが、校長ではなく教頭が電話に出た。あれ程、教頭には注意しておけと言っていたのに。弱気な癖に、お節介な偽善者が一番手に負えん。彼には転勤してもらう。この事件はなかったことになるのだから。T、お前にも手伝ってもらうからね。学校には……そうだな。この子は心の治療の為に入院したことにしておこう。昔からどこまでもおかしな子だった。きっと誰も疑うまい」

この後、何が起きるのかを静かに悟った。僕はもう一度だけ繰り返すのだ。罪のない子供を木に吊るし上げた、『自画像』を破り捨てた、あのときと同じ、憎悪を葬り去る為の「儀式」を。きっと、最後の儀式になるだろう。僕の生涯でこれ以上の怒りが起きることは二度とない。&以上に失ってはならない大切なものなど、僕にはない。これまでも、これからも、ずっと。

「君の友人の弔いを手伝ってくれ。私が掘った穴の中に葬るんだ」

——違う。葬られるべきなのは……

「貴方だ！」

僕は声の限りに叫び、苦く燃えるような憎悪のままに身体と心の全てを委ねた。腕は一切の躊躇なく、廊下に飾られたトロフィーを摑んだ。

「一体どうし……」

渾身の力で、彼の頭を殴り付けた。首を傾げて振り返り、僕を見た市長の首が、更に角度を以って曲がった。しかし、子供の力では彼を死に至らしめるに足りなかった。

「貴様……」

今までの落ち着きが嘘のように、市長が血走った眼で僕に襲い掛かる。恐ろしく強い力で首を絞められ、息が出来ない。僕の手は感覚を失い、握られたトロフィーは重い音を立てて床へと落ちた。覆いかぶさるように体重を掛けられ、僕の体勢は徐々に崩れ出す。市長の頭から流れる血が僕の頰に滴り、流れ落ちる。

「T、殺せ！　私が捕まえている内に殺すのだ。今すぐに！」

僕は朦朧とする意識の中、辛うじてTの方を見遣った。彼女は震える手でトロフィーを拾い、振り絞るような声で言葉を紡いだ。

「貴方の言う通りだわ」

ゆっくりと僕たちの方へと近付き、トロフィーを構える。市長はそれを見て勝ち誇るように笑った。

「そうだ、それでいい。T、お前は本当に素晴らしい娘《こ》だ。さあ早く殺して……」

「殺されるべきなのは」

トロフィーが高く掲げられ、重力のままに振り下ろされる。

「――貴方よ」

一瞬、この世界全ての時が止まったような気がした。僕は頭蓋の砕ける音を初めて聞き、決定的な一撃を受けた市長は完全に沈黙した。意識を失った彼は自らが床に掘った穴の中へと転げ落ちて、もう二度と動かなくなった。

僕は市長の腕から解放されると同時に床へ倒れ、烈しく咳き込む。Tはトロフィーを手放し、よろめいて崩れ落ちるように膝を突いた。娘に裏切られた衝撃で市長の眼は剝くように見開かれたままだった。ようやく咳が止まった僕は言葉を取り戻す。

「これでよかったんですか、T。貴方まで人殺しになることはなかった」

Tは息を切らしながらも、どうにか答えた。

「もう限界よ。本当は私か、&か、いずれにしてももっと早くに誰かがこうするべきだったのよ。私には今まで勇気がなかった。でも今日でそれも終わり」

僕とTは&の代わりに市長を穴の中に放り込み、彼が掘り返した土を元通り戻して、完全に埋めた。Tは泣いていた。

僕は、部屋の隅で膝を震わせ座り込んでいる市長の妻の方へと近付いた。

「僕は貴方の夫を殺しました。しかし貴方の夫は僕の親友を追い詰め、苦しめた上にその死を冒瀆した。彼が何よりも愛した死をです」

市長の妻は身を屈めながら怯えていた。彼女は僕の話など聞いてはいなかった。呪文を唱えるように何度も同じ言葉を呟き続けた。

「私は悪くない……私は悪くない……殺さないで……殺さないで……」

「いいでしょう、ただし、貴方の赤ん坊を貰う。子供か、それとも自分の命か、どちらかを選んでください」

「え……」

そのとき初めて彼女がまっすぐに僕を見た。

「殺しはしませんよ。貴方の代わりに育てます。貴方の夫は自分の息子を教会に捨て置いた。あのとき彼も殺さなかった。結局はそのせいで今、自分の子供たちに殴り殺された訳ですが」

「エヌディア君……貴方、まさか……」

「さあ、どうしますか」

彼女は恐怖に震えながら、ゆっくりと両手を伸ばし、赤ん坊を差し出した。

「ひどい人。貴方なんて一生呪われてしまえばいい」

「既に生まれたときから呪われています」

「私の赤子を攫うことに何の意味があるというの？」

「いつか、この子に僕のことを助けてもらいます」

「また人を殺すの？」

我が子が人殺しに育てられ、同じ結末を辿ることを想像した母親の目から恐ろしい勢いで光が失われていくのを見た。

僕は彼女が願うならいつでも赤子を手放すつもりでいた。いつまでも次の言葉が紡がれるのを待ったが、とうとう彼女が自分の命を代わりに差し出すことはなかった。

「もういや……消えて、私の目の前から……今すぐに」

彼女は瞼を閉じ、耳を塞ぎ、一切を拒んだ。もう話すべきことは何ひとつなかった。

「T、行きましょう」

「貴方、その子供を育てるって本気？」

「本気ですよ。ここにいるよりはずっといい」

不思議と僕が抱くとその子供は泣き止んだ。子供を抱えながら、僕は床の上に横たわる親友を見た。どう見ても安らかに眠っているようにしか見えなかった。本当に息絶えているのかどうか、傍に近付いて確かめたかった。けれど、それは決して、やってはいけないことだった。

「行きましょう」

「でも、&は……」

僕はもう一度はっきりと言った。

「もうそれは&じゃない。ここに置いていくんです。彼は&を離れ、Qになったのだから」

僕は思い出していた。初めて美術室で逢ったあの日、彼の描いた円と曲線を。彼の口から紡がれたかけがえのない言葉の一つ一つを。

──見てくれ。Qという文字は、まるでこの閉じられた線が逃れられないOの運命から抜け出して、どこまでも広がっていく光景のように見えないか。

「彼は閉じられたOの運命から抜け出したんだ。美しい自由の曲線を描いて、この世界から解き放たれた。彼はようやく自らが望むQそのものになったんだ。だから、もういいんです。あの屍《しかばね》はただの肉塊に過ぎない。ここに置いていくべきなんだ」

本当は離れたくなかった。今すぐにでも&の身体を抱き寄せて、その手に、肌に触れたかった。でも、冷たくなった彼を感じたら最後、僕はもう二度とそこから立ち上がることが出来ないだろう。

「ここを離れましょう、T。今すぐに」

&は先に行った。新しいQの果ての世界へと。僕はここで悲しみに目を眩まされて、彼に置いていかれる訳にはいかない。彼に追いつかなければならない。

繰り返す僕の強い口調に意を決したTは、頷いて言った。

「……分かったわ、貴方がそれで構わないというのなら」

僕たちは赤子を連れ、何の意味もない市長の栄誉を飾る廊下を駆け抜けた。素早く車に乗り込む。Tは力を失ったようにハンドルに額を押し付けて弱々しく言う。

「ああ、母さん。私、父さんを殺したわ。何でこんな目に遭わなければならないの。私が一体、何をしたと言うの？」

彼女はひどく混乱し、激しく頭を振ったせいで髪が乱れていた。

「貴方は何も悪くありませんよ、T」

「言葉だけの慰めなんていらないわ」

「僕は事実を言っているだけです」

Tは顔を上げて、ミラー越しに僕を見た。

「世界は他でもない貴方が今、感じている残酷さによって成り立っているのです。さあ、車を出して。この残酷な世界を生きるんだ、僕も貴方も、この赤子ですらも。行くんだ」

僕の言葉にTはどうにか気を保ち、背筋を伸ばして大きく深呼吸した。怯えるように泳いでいた目が据わる。まっすぐに前を見つめ、彼女は強くアクセルを踏み込んだ。車は市長の家を何事もなかったかのように離れ、走り去っていく。

僕とTは街で買い物をし、出来る限りの荷物を車に積んだ。学校にも寄って、僕の名前のない親友の絵も全て積んだ。市長の妻から奪った小さな子供はずっと愚図っていたが、どうしてか絵を見ると落ち着くようだった。

「君は絵が好きなのか？」

尋ねてみても小さな子供はじっと僕の親友の絵を凝視するばかりだった。その夢中な様子を見ていると、こんな事態なのに、僕の気持ちは安らかになっていった。

「よし、君の名前を決めた。君はAだ。Aがいい」

「準備できたわ、Q。警察が騒ぎ出す前に街を出ましょう」

「最後にエヌディア夫妻に手紙を書き残してもいいですか」

「分かったわ。でもなるべく急いで」

親愛なるエヌディア夫妻へ

ダン、ディーナ。僕は訳あってこの街を去ることになりました。本当にごめんなさい。貴方たちと過ごした全ての日々は僕の人生の中で最も温かい時間でした。貴方たちは僕の本当のお父さんとお母さんです。今までありがとう。さようなら。

貴方たちの息子Qより

僕はその手紙をTのデスクに置いた。誰かが見つけて届けてくれるだろう。エデンについて何も話せないのが心苦しかった。貴方たちの息子はすぐ傍にいた、目と鼻の先にいたというのに。でもこの真実を伝えて、彼らを苦しめることに何の意味があるだろう？　エデンは二度死んだ。彼の両親が希望を捨て、僕を引き取ったとき。自ら毒を飲んで息絶えたとき。そして、もう一度死ぬだろう。それは僕が死ぬときだ。ポケットから紙片を取り出した。握り締めて祈るように呟く。

「&、何よりも大切だった僕の&。誰より君のことを愛しているよ。必ず、必ず、もう一度逢いに行くから。約束だよ。どうか、きっと待っていてくれ」

手を開く。紙片の瞳、彼が全てを見てくれている。僕の親友のこれまでを、そしてこれからの僕の行く道を。二人の&の結末を、僕らがQに至るその果てを、この瞳が見届けてくれる。僕はそう信じた。

――随分と随分と長く語ってしまった。今、ここに記したもの全部が自分の答えだ。

Q. 貴方は誰？

A. 僕は9であり、Qであり、&だ。

とうに太陽は沈んだ。辺りは暗闇に包まれ、街灯が灯されていた。二人の警察官は最早何も語り合うことなく、Qが辿る運命にそれぞれの想いを馳せていた。

3.

Q. 世界に愛は存在するか?

A. ?

はじめまして。私はAといいます。私の生い立ちはノートに書かれている通りです。QとTに連れ去られ、車は国境を越えてどこまでも走り続けました。いつまでも三人の旅が続いた訳ではありません。私がまだ幼い頃、Tは旅の途中で断崖から飛び降りてしまいました。

記憶の中の彼女はいつも蒼ざめた表情をしていました。ある夜、私が後ろの席で眠りに就こうとしている頃、助手席で彼女がQに呟いていたのを憶えています。

「私、父を殺してしまいたいほど憎んでいた」

「よく知っています」

「そして殺したわ」

「僕と共に」

長い沈黙が続きました。私は目覚めていることを悟られないよう、息を殺しました。やがて、Tがゆっくりと言葉を紡ぎ始めました。

「あの日から私の胸の奥には何かの穴が空いてしまった。ようやくその正体が何か、分かったのよ」

Tの声は震えていたように思います。

「本当に殺してしまったらもう父を憎むことすら出来ない。あの失われた憎しみは私の大切な一部だった。憎しみを向けることだけが、臆病な私にとって、父と繋がる唯一の術だった。彼を殺したあの日から、私の中の憎悪は少しずつ消えてなくなって、今となっては、とうとう何も感じなくなってしまった」

Qは何も言わず、黙ってTの言葉を待ちました。

「答えを見つけるのがあまりに遅すぎたわ。いえ、自分に問うことから逃げていたのね」

最後にTは何かを悟ったような穏やかな表情で微笑んだ。

「私は父さんを愛していたわ」

Tが身を投げたのはその次の日のことです。何も分かっていない私は、疑問をQにぶつけました。

「どうしてTは帰ってこないの？」

「彼女は気が付いてしまったんだ」

「何に気が付いたの？」

「もうこの世界に自分の愛すべきものが何一つ残されていないということに」

幼い私はその答えに首を傾げるしかありませんでした。今なら考えることができる。&の「自画像」と父親への憎しみ。その二つは彼女の表裏一体の愛だった。私をQと共に連れ去ったあの日、&と「自画像」は失われ、自らの手で彼女は父親を葬った。Tの中に残されていた僅かな愛の焔《ほのお》は少しずつ燃え尽きて灰となり、最後には風に吹き飛ばされ、消えた。

Tが消えた頃には、Qは既に車の運転を覚えていました。それからずっと、今日という日に至るまで、私たち二人だけの旅が続いてきたのです。

Q。彼は私を育ててくれた最愛の人でした。彼はフォークとナイフの使い方やシートベルトの締め方などほんの些細なことでも、私の成長を喜んでくれました。彼は私が何かを為すたびに決まって私に向けて微笑み、「おめでとう。また新しく一つ学んだ」と私の頭を撫でて言うのです。それが私にとって最も幸福な瞬間でした。

&。私はQの親友である&と話したこともなければ、彼の「自画像」を見た訳でもありません。私は、彼が残した無数の歪んだ絵と共に成長しました。そのせいか、&もQと共に私のすぐ傍で見守っていてくれたような気がするのです。&の絵を見て、はっきりと分かるのは、彼が世界からあまりに追放されていたということです。

完璧な世界がまさに目の前に広がっているというのに、どこにも自分の居場所がない。

そんな「自画像」を描き上げたときの&の孤独と絶望は私には計り知れるものではないでしょう。ただ一人それに気付いたQは、彼の孤独を心で感じ取った。Qは怒りと憎悪に身を委ね、&が描いた「自画像」を破り去りました。それがどうしてか、私には分かる。たとえどんなに美しかったとしても、&の居場所がないのなら、そんな世界はQにとって何の価値もなかったのです。

このノートの始まりの日を私は今でも憶えています。どうしてQがこんなにも私を大切にしてくれるのか不思議に思って、彼に問いました。

「Qはどうして私を殺さなかったの？」

「さあ、どうしてだろう」

Qは穏やかに笑いました。

「きっと、&と同じように生き、同じように死にたかったんだ」

Qは、私ではないどこか遠くを見つめました。

「&は死んだ。それと同時に、彼は僕の中で永遠になった」

「永遠？」

「&が言ったんだ。死は瞬間ではなく、永遠なのだと。君と僕には命がある。僕たちはここにいる。そうだろう？」

Qは自分と私の胸を指して言いました。

「僕たちとはまた別の形で&もここにいる。僕はそう思う」

首を傾げる私にQは語り続けました。

「誰かが絶えずこの世界を去っている。でも誰かがそのことを憶えているんだ。ずっとそうやって人は繰り返してきたし、これからも繰り返していくんだろう。僕たちはたった一人で完成することは出来ないんだよ。誰かの力を借りなくちゃ」

Qはまっすぐに私の瞳を見つめます。

「もし叶うなら、君の力を借りたい」

Qからそう告げられた私は幸せな気分になりました。

「いいわ。私、貴方の力になりたい」

「それは良かった。実は贈り物があるんだ。どうか受け取ってほしい」

Qは私に上等な一冊の本を差し出しました。

「僕が幼い頃、教会から贈られて、日々を記したのと同じ物。もう一度、今度は君と一緒に綴りたいと思っているんだ」

「その日々の先に貴方の願いがあるのね」

「僕の願いを叶えてくれる？」

「勿論よ、私は貴方を愛しているもの」

「ありがとう」

Qは微笑んで私の頭をそっと撫でました。

私はQを殺しました。彼と交わした約束を果たす為に。

決して、Qは自分の命が失われることを恐れていたのではありません。この世界を去ることで、記憶の中に今も生きている&が死んでしまうことを何よりも恐れたのです。本当の&の姿を知るのはこの世界にずっとQ一人だった。Qは、彼の名もなき親友がこの世界に確かに生きていたという事実が決して消えぬよう、ただその為だけに今日まで生きてきたのです。

ノートが完成した今、彼が生きる理由はもうどこにもない。記憶の中で、&はずっと生き続けるのだから。

私はこの手に刃を握り、Qの胸を貫きました。世界から解き放たれた幸福の表情を私は生涯忘れることがないでしょう。&が彼の中で生き続けているように、Qもまた私の中で生き続ける。これから私は愛する二人を胸に抱いて、最後まで生きていきたいと思います。きっと、それこそが私の生まれた意味なのだと信じているから。

この章の答えを記すと同時に、私はノートを手放します。けれど、綴られた歴史は、かけがえのない日々は、心の奥に刻まれ、決して色褪せることはありません。

最後のQ&Aに誓います。Qと&がいつまでもAと共に在ることを。

Q．世界に愛は存在するか？
A．もはや世界に愛はない。それは、私の中にだけ存在する。

Q＆Aより

ノートは途切れた。最後のページをめくると紙片が挟まっていた。裏返すと、Q、＆、A、3人の全てを見てきたであろう金髪の少年の瞳が二人の読者をじっと見つめていた。

「警部、署に着きましたよ」

「……あぁ」

「……このノートどうされますか？」

「私が決めてもいいのかい」

「ええ、貴方に委ねます」

「そうか。ならば」

二人が車を出たとき、どこからか老人が現れて彼らに手を振った。

「あ、K警部にG課長。今、現場からお帰りですか。ご苦労様です」

「やあ、Cさん。こんばんは。そちらこそ、清掃ご苦労様です。いつも助かっています」

「いや、市民の平和を守るみなさんには気持ちよく仕事してもらいたいですからね。今、あちらのドラム缶で紙屑や吸い殻の塵《ごみ》を燃やしてるところです。お二人も要らないものがありましたらここで引き受けますよ」

二人は互いに見つめ合う。彼らはもう自分たちには言葉を交わす必要がないことを悟った。

「……ではこちらを燃やして頂けますか」

「何です？　ノート？　これは日記ですか？」

「ええ。実は私が若い頃、留学していたときにその国の言葉で書いたのです」

Cは仰《の》け反《ぞ》るようにして驚いた。

「ええ、それは貴方の良き想い出ではないですか。燃やせませんよ、こんなもの」

「Cさん、分かってください。つまり手元に置いておくのも恥ずかしい想い出なのです。どうか焼き払ってください」

「ああ、なるほど。私もこの歳になっても未だに若い頃の過ちにうなされて、夜眠れないことがありますよ。そういうことなら貴方の日々の平穏の為に、この忌々しい過去は私めが責任を持って処分致しましょう」

「ありがとうございます」

「しかし、何ですか。この表紙に飛び散った赤いのは。まさか血ではありませんよね？」

「とんでもない。当時、私は油絵に嵌《はま》っていたのです。下手の横好きでしたがね。現にその証拠として日記に誤って赤の絵の具を零してしまっているのです」

「もしかして、その絵も燃やしてしまいたいですか？」

「もうとっくに捨ててしまいました」

「そいつはいい！」

三人は笑ってそれぞれの顔を見合わせた。

「では供養させて頂きます」

清掃員Cは出来るだけ丁寧に燃え盛るドラム缶の中へノートを入れた。

「これでいい。私は間違っているかね、G」

「いえ、私はそうは思いません」

「ならばよかった」

火は音を立て紙を喰らい、吐き出す煙はどこまでも空高く立ち昇っていく。そして、夕闇に輝き始めた淡い星空を見上げながらKは静かに笑った。

「これが私たちの答えだ。満足か？」

ノートは灰となり跡形もなく消え去った。これでもう誰もAの行方を知る者はいない。

本書はピクシブ文芸大賞大賞受賞作に
加筆修正したものです。

装幀／佐藤亜沙美
装画／石原一博

〈著者紹介〉
小林大輝　1994年兵庫県生まれ。本作でデビュー。

GENTOSHA

Q&A
2018年3月10日　第1刷発行

著　者　小林大輝
発行者　見城 徹

発行所　株式会社 幻冬舎
〒151-0051 東京都渋谷区千駄ヶ谷4-9-7

電話：03(5411)6211(編集)
03(5411)6222(営業)
振替：00120-8-767643
印刷・製本所：株式会社 光邦

ISBN978-4-344-03262-0 C0093
幻冬舎ホームページアドレス　http://www.gentosha.co.jp/

この本に関するご意見・ご感想をメールでお寄せいただく場合は、
comment@gentosha.co.jpまで。